主编　凌翔

当代作家精品·长篇小说卷

钟　楼

冯小进　著

文化发展出版社
Cultural Development Press
·北京·

图书在版编目（CIP）数据

钟楼 / 冯小进著. — 北京：文化发展出版社，2024.1
ISBN 978-7-5142-4176-1

Ⅰ. ①钟… Ⅱ. ①冯… Ⅲ. ①长篇小说－中国－当代 Ⅳ. ① I247.5

中国国家版本馆CIP数据核字(2023)第227912号

钟楼

著　　者　冯小进

出 版 人：宋　娜
责任编辑：范　炜　张雨嫣　　　　责任校对：岳智勇
责任印制：邓辉明　　　　　　　　封面设计：邓小林
出版发行：文化发展出版社（北京市翠微路 2 号　邮编：100036）
发行电话：010－88275993　010－88275711
网　　址：www.wenhuafazhan.com
经　　销：全国新华书店
印　　刷：唐山楠萍印务有限公司

开　　本：710mm × 1000mm　1/16
印　　张：15.5
字　　数：173 千字
版　　次：2024 年 1 月第 1 版
印　　次：2024 年 1 月第 1 次印刷

定　　价：69.90 元
I S B N：978-7-5142-4176-1

◆ 如有印装质量问题，请电话联系：010－67290766

序

（一）

狂风骤雨、电闪雷鸣的时候，我在修改我的这部小说。

这部命运多舛的小说就像这潮湿的天气一样，迟迟没有迎来明媚的阳光，反而几近夭折。

这是第二次易稿，距上次修改已经有近三年的时间。三年的时光，我在生命的修行中又渐渐感悟到一些生活的真谛。

起初我只是想写一两个人、一两个家庭，来展现对故乡绵延不绝的思念及时代的变迁。但写着写着，人物逐渐多了起来。我没有邀请他们走进我塑造的世界里来，他们却毫不客气，不请自来，写着写着，就成了一些人、一些家庭的故事。

其实，很多普通的家庭在岁月的长河里就像驴拉磨一样，周而复始，平平凡凡。磨盘就像是这生活。即使生活从不一帆风顺，即使生活常走走停停，即使生活有千疮百孔，即使生活一地鸡毛，但活着就得生活，没有发光的人生也应该被阅读和看见。

我有时在想，写作的过程更多时候就像是一场遇见，在一段漫长的旅途中，在你没有任何规划的行程里，在走走停停、随心所欲间，遇见不同的人和不同的风景，没有要下车的人，没有人知道车何时会停下，有些时候，你甚至希望就一直这样开下去，没有终点。

没有终点，也许你的内心会一直怀抱期望。

没有终点，那些记忆里的人也将会永恒。

没有终点，就像时空在笔尖被定格和静止。

没有终点，就像这狂风骤雨，不知疲倦地吹拂和落下。

（二）

如果故乡是生你养你的地方，那么我的故乡有两个：一个在江苏溱潼，一个在江苏东台。我的童年时光都是在溱潼度过的，我的青年时光是在东台度过的。我常对别人说，我生于里下河，成长于黄海之滨。

我的故乡在我的心里就像一位耄耋的老者。你回故乡看到的每处草木、每个街道、每条河流、每张脸，你在人群中听到的每声充满乡音的吆喝，都像是你的故乡在跟你说话，在跟你心贴心地拉些家常。

故乡是一个人精神上的避风港。

故乡从不管你归来是一身绫罗绸缎，还是粗衣布褂，它总会像一位慈祥的母亲一样给予包容、接纳，让你在轻柔的时光里徜徉。

我每次回故乡都要去我母亲的坟头看下，跟她说说话，在耸拔的树木丛林间，在水面平静的湖畔，透过湿润略带花草香味的泥土气息，我仿佛听到她也在说话。当我看到她的名字被镌刻在冰冷的墓碑上时，顷刻间，我的内心和我的身体都会潸然泪下。

我经常对我母亲说的一句话是，前人辛苦，后人幸福。这是毛主席当年回韶山祭拜他的父母时所讲过的一句话。

这也是无数伟大的母亲用沉默辛勤的付出所践行的一句话。

我站在母亲的墓地，望着远处的河流，重温着母亲对于我的关爱，这种关爱和天下所有的母亲一样。她们的爱就像参天的大树，宽广的河流，浩瀚的星空。她们的爱有大树的坚韧，河流的坚持，星空的坚守。

"钟楼"是我给这部小说起的名字。起初，我想了很多小说的名字，有具象的，有抽象的，有突出主题的，有和主题无关的。当我有天漫步在故乡的街道上时，当我站在华光大桥看着桥下的轮船缓缓驶过桥洞时，当我蓦然回首望见那座陪我成长、默默陪伴这里人们生活的钟楼时，我想，它是岁月长河里最好的见证者，在时代变迁的滚滚洪流中，它在我的记忆中一直矗立着。

其实钟楼是我故乡里一座高不过五六层房子的四面钟。在一众两三层高矮错落的房屋中间，钟楼像一个沉默的巨人一样特别显眼。钟楼在我幼年的记忆中，就像一个熟悉的朋友，在它不知疲倦、日复一日、悠扬婉转的钟声里，人们的生活就像这日出日落、潮涨潮退一般，悄悄走过多少个四季。

记得很多年前，当时我随母亲从娘家归乡，夜晚骑着自行车走在镇郊时，路面昏暗一片，寂静无声，心里顿感一丝慌张，总觉有鬼魂在四周草地间隐没。远远地眺望，夜色中，故乡小镇中心一片橘黄的亮光惹人注目，像在巨大的黑幕下盛开的一朵发光的莲花，光彩夺目。旋即，我的内心就被那亮光赋予了力量。亮光中间簇拥着伟岸的钟楼，那整点的钟声并没有飘进我的耳朵，却落在了我的心里，那钟声就像一个久违的朋友在向我挥手，带来遥远的问候。

目录

第一章

马公民赤裸地躺在澡堂的蒸木上。

蒸木下的水不断地在他的屁股下面起泡翻滚，翻滚的热气凝成水珠挂在了他的身上，也挂在了他头顶的房梁上。此刻，他微闭双眼开始做起了春梦。

他梦见自己站在一条宽阔的大街中央。

他看着远处的水泥路翻滚着热浪，飞驰的汽车和人影在热浪里上下起伏，就像泛起的滚滚潮水，汽车平时也很常见到，现在它还没有火柴盒大。那些远远的人影小得就像蚂蚁，不知是男是女，还是不男不女，他看见他们正奔向自己。他想看清那些人是什么模样，是不是一群光着屁股面庞俏丽的女人，但那些人影的脸实在模糊得一点也看不清。马公民闭上眼张开了怀抱迎上去，他的裤裆里的小鸟也一点点地硬了起来，像拉直的弓紧绷着，突然一条黑狗不知道从哪冒出来对着他大叫。

马公民正要快步走过去冲黑狗无情地踹上两脚，却感觉后背一阵发热，哆嗦了一下，猛地张开了眼睛，一个鼻子上套着金色圆圈的男人趁机捏了一把他的小鸟，捏完就笑嘻嘻地走出去了。马公民抬起头，抹了一把脸，环顾着四周，看不见人影。他身上的毛孔已经全部张开，额头的汗珠晶莹透亮，顺着脸颊滑到肚皮上，又顺着肚皮继续滑到大腿根。

这时他屁股下面的水已经混浊得看不清池底，汩汩地往上冒着一缕缕白色的热气，热气从蒸木下面飘出来，渐渐弥散开堆积在空气里，越来越厚。

马公民感觉肺里已经快装满热气，他的小鸟表面的皮肤被捏得有点发红，钻进了热气后，隐隐火辣辣地烫。那个对他小鸟下手的男人真狠，不知道轻重。他正快速地思索是不是熟悉的人时，瞧见半躺在他旁边一个大腹便便的男人正吃力地从蒸木上坐起来。他坐起来缓过神后，把澡堂毛巾的一角垂到蒸木下面，在沸腾的热水面上扫来扫去，然后像钓鱼一样，又把毛巾从缝隙间抽上来，用烫过的毛巾一角来回在每个脚趾间搓来搓去，嘴角发出了一阵阵“嗞……嗞……啊……啊……”的声音，他脸上舒展的表情就像刚被温柔的少女抚摩了一般，他肚上的皮和肉一坨一坨被挤压在腰间，像早晨菜市场叠在案板上的五花肉。

马公民看着老男人舒服的表情顿感几分恶心，他的胃里开始一阵一阵地翻滚，他拨开层层闷热的蒸汽，看见他爹马三斤抬脚跨出水池的背影。

马三斤在镇上的六一桥集市卖烧饼，他不喜欢说话，刚好卖烧饼这个生计也不需要说话，不需要像走街串巷卖冰棍的老姜，每天口干舌燥地敲着木箱子喊："卖冰棍……卖冰棍……"

每天，第一声鸡鸣后，他便拉开床头的灯，躺在床上，六十瓦的灯泡照得他眼睛很难睁开，他把手搭在额头上，挡着光眯着眼，好似在睡回笼觉。有时这一眯眼就能眯过去半小时、一小时。当钟楼的钟声敲响四下的时候，他的媳妇李玉芳便开始不断地用臂膀摇他，推他，接着用脚踹他。这时候马三斤揉开惺忪的睡眼，打一个长长的哈欠，才从床上走下来。

他媳妇说："鸡都叫不醒你，钟也叫不醒你，你上辈子一定是个瞌睡鬼。"

马三斤不急不慌地穿好鞋。

他媳妇问："面开始和了吗？"

马三斤说："不急。"

他媳妇问："葱剁好了吗？"

马三斤说："不急。"

他媳妇一会儿又说："鸡还没喂吧？"

马三斤说："不急。"

他媳妇着急地在房间用手拍床："你一万个不急，真能急死人！"

当马三斤支好摊位，开始拿出醒好的面团时，已经有头天就约好买烧饼的人过来等候着了。这时候他的烧饼还没有推进烤箱。

很多人都喜欢吃这第一锅烧饼，不是因为第一锅烧饼和后面几锅的烧饼不同，也不是第一锅更干净，而是吃到这第一锅烧饼的人心里都有种捷足先登、在人群中抢食的感觉。

那些人说："六一桥的烧饼就是比华光大桥卖的烧饼好吃。"

那些人说："那个卖烧饼的叫老鲍，听说是溱西庄的人。"

那些人说："那个人一脸横肉，看着心黑，还是六一桥的老马心善。"

那些人说："华光大桥的老鲍原来是在乡下赶牛车的，赶牛车的人能做出多好的烧饼？"

在他们说话的时间，马三斤已经把烧饼馍刷上金色的黄油，洒上香味扑鼻的芝麻，放在铁制的抽屉托盘里，推进烤箱，中间拿出来翻了下烧饼又推了进去。出炉的时候烧饼上飘出了一阵白色的雾气，那四散的香味瞬间就把他们心里的馋虫勾引了出来。

马三斤把出锅的烧饼晾在一边，说："别急，烫嘴。"

他们拿着这些大小一样的圆形烧饼，走在路上便迫不及待地咬了起来，嘴里响起被烫到的哈气声。

老马卖烧饼只卖两种口味，一种是"萝卜丝烧饼"，一种是"龙虎斗烧饼"。前者的馅是咸口的，用萝卜丝和猪油渣调配而成；后者则是甜口，把大葱剁碎了和白糖制成，最后加点盐。龙虎斗的烧饼深咬一口，酥软香脆，甜中带咸，所以叫"龙虎斗"。

老马统计了一下，爱吃龙虎斗烧饼的人比爱吃萝卜丝烧饼的人多。

吃过他烧饼的人说："六一桥这摊地方，有卖豆腐脑的，有炸油条的，有炸糖糕的，有卖干货的，有杀鸡卖鸭卖鱼宰牛卖鹅的，有烤山芋的，有炒栗子的，有修鞋的、补锅的，桥下河岸的船上还有卖砖卖瓦的，什么行当的人都有，可从没有见过老马冲谁发过火，天大的事掉他身上，他都不急。"

别人来买一两个烧饼有时忘带钱，马三斤掏出小红本大方地说："不急，拿走吧。"

那人说：“你认识我吧？我是溱东庄的谁谁谁。不用往本上记了，你大字不识，明天一准给你。”

老马说：“不急。”

老马随身携带的这个小红本是用来记这些吃了烧饼不给钱的人，一来怕时间一长自己忘了，二来怕对方忘了。就这点小钱，对方忘了，上门去要显得小气，不要心里又憋屈，毕竟也是自己起早贪黑做出来的，指着烧饼养家糊口呢。于是，他在未付钱的那人名字的姓后面又画上了一个圆圈。一个圆圈代表一个烧饼。这个小红本在晚上睡觉的时候会被他压在枕头底下。

“现在的人不是过去的人，都精着呢。”

马三斤对他儿子马公民说：“别看烧饼虽然不值钱，但有些乡下上来的人还真舍不得买，他们有些人在我的炉子前转了又转，看我做了一锅又一锅的烧饼，我都快急了，他们就是不急。他们闻到了味，就像是已经吃了我的烧饼，嘴里也一直吧唧吧唧个不停。我都听到他们往喉咙里咽口水的声音，就像煮开的水“咕嘟……咕嘟”，通过一个烧饼可以看穿一个人。”

马公民见他爹喝了三两酒后，说话就像春天里乱飘的柳絮，沸沸扬扬，云里雾里，令人心烦。他知道他爹的牙根开始发酸了，只要每次牙根开始发酸，他爹就要开始舌灿莲花，口吐芬芳了。卖个烧饼都被他说出这么多道道来，幸好，他卖的只是烧饼。

他爹说：“我吃过的盐比你走过的路还多。”

他爹说：“对你好的人，你要记着，要报恩。对你不好的人，你也要记着，先躲着他。”

他爹说：“你别看不起你爹。我能用烧饼养活咱们一家几口，乡下还有人饿得没饭吃，在吃树皮草根，在卖血哩……”

李玉芳打断他的话：“你快别说了，我耳朵都听出茧子了，你别卖烧饼了，你快去卖血。”

一句话立即让马三斤这门正发射的火炮变成哑炮。

马公民也不信他爹说的话，他现在甚至一点都看不懂他爹了。在家里，他上身穿的白色背心经常能被他爹那滔滔不绝飞扬的吐沫击中，但在外人面前，他爹的嘴却像被上了把锁。

挨着老马卖豆腐脑的溱西庄的老夏眼红了，他哭丧着脸半开玩笑地说：“老马你看，来你这买烧饼的人，我敢保证十有八九是冲着我的豆腐脑来的。”

老夏白天卖豆腐脑，晚上跟着几个干丧事的老人后面去给逝者穿衣和抬棺。他最早也不卖豆腐脑，年轻时游手好闲，上了岁数，开始干起了丧事的活计。他的领班师傅说：“做丧事的进了别人家门，千万不要表现得满脸喜气，让人看着晦气。丧事和别的事情不同，有所忌讳，又无所忌讳，总之不该说的话不说，不该做的事不做。天下谁家没有丧事办？天下没有长生不老的人，天下不管死的这人生前啥身份，死了以后成神还是成鬼，上天还是下地，没人知道。到了我们手里，都需要像我们这种人给穿衣服，都需要像我们这种人抬去火化或者埋掉，都需要像我们这种人送他们最后一程，推他们最后一把。”

因为经常干丧事，老夏这人从不爱笑，总绷着脸。

老夏做生意爱喊叫，招人；老马不爱喊叫，坐着不动换。这点他和老马相反。

老马说：“你上辈子是朵野花吧？”

老夏问：“啥意思？”

老马看着正要走到老夏这边的几个人，说：“你看蜜蜂和蝴蝶都被你招来了。”

老夏的招人、喊叫就是，当有人经过，时不时地扯两嗓子：“快来吃豆腐脑！

“溱西庄老夏的豆腐脑，正宗的豆腐脑！

“溱西庄的豆腐脑，用的是四季水，干净卫生，香甜可口。

“溱西庄豆腐脑，百年老字号！”

老夏的声音不尖，有点低沉，有点嘶哑，像带点哭声，像从山洞里喊出的声音一样。

对面卖鸡又卖鹅的溱南庄的老邓冲老夏说：“快别招魂了！把鬼给招出来！你的声还没我的鹅叫好听。”

老夏不悦地说：“老邓，我瞅遍这六一桥的人，就你最不像好人。我卖鸡的时候，你还穿开裆裤呢。”

老邓笑了。

老夏说：“不这么喊，怎么能勾到人？”

老马说：“老夏，我挨你最近，这几天我的脑袋嗡嗡的，像进了水，像豆腐脑一样，你能不能停一停，你的喉咙也喊干了吧？”

老夏说：“我的喉咙不干，我早上喝了很多水。”

老马说：“你喊吧。”

老夏说：“我不喊出来，我的嘴巴不舒服，我浑身没劲。”

老马说：“你喊吧。”

老夏说：“我一喊浑身就有劲了，你也喊。”

老马说：“我喊不动，你喊吧。”

于是，老夏的声音又响了起来，盖过了鹅叫声。

老夏喊了几声停下说："咱俩挨在一起真是缘分！你的烧饼是干的，我的豆腐脑是稀的。这人和畜生一样，这肠胃天天光吃干的不行，光喝稀的也不行，天天吃干的，胃里积得慌，吃稀的又熬不到中午。"

老马问："你怎么知道？"

老夏说："我年轻的时候放过羊，还赶过马车，我知道羊和马的习性。"

老夏接着说："我卖了多少碗豆腐脑，就有你多少个烧饼。没有我的豆腐脑，你的烧饼卖不了这么多。"

老马一到关键时刻嘴变笨，搜肠刮肚后，一时找不出半句话来回老夏。

他说："那你喊吧，我的头不疼了。"

老夏刚才那么说其实是想老马白送一块烧饼给他尝尝。

老马并没有把刚出锅的烧饼挑一块给老夏，而是从铁盒里夹出一块上一锅没卖完的烧饼递给老夏，老夏看着已经发凉了的烧饼，说："这烧饼凉了吧唧的，一点不酥，一点不脆，我牙口不好，一看就咬不动。"

老马以为老夏不喜欢吃烧饼，又把烧饼放回了盒子。

老夏也从盖着毛巾的盆里掏出一只碗，打开热乎乎的锅盖，从腾出的阵阵白气里舀了一大勺豆花，撒上香菜淋上香油，递给老马。

老马端起，二话不说，一仰脖子汩汩喝了下去。

老夏接过碗却扎心了。

他走到对面悄悄和四季饭店的老齐抱怨说："别看老马活了五十多岁的人了，一点人情世故都不懂，全白活了。"

第二章

老齐名叫齐二狗。

齐二狗是镇上四季饭店的火塘工，他每天烧火塘的时候，在脚旁边会放一台收音机。这台收音机是他当小学校长的哥哥齐曙光送给他的。这台收音机在他睡觉的时候会飘出阵阵靡靡之音。

在他烧火塘的时候，靡靡之音又飘了出来，老齐的腰和屁股便情不自禁地跟着收音机里的歌声扭动起来。女人的歌喉细而尖，老齐在脑海里不断臆想着这个隐藏在收音机里的女人到底什么模样。多少个夜晚，他在梦里看见收音机里走出了一个身材曼妙的女人。

他现在把几个火塘的小铁门同时打开着，滚烫的火钳顿时也像指挥棒一样在每个火塘里转动翻滚着，那些蹿起的火苗就像老田指挥棒下一个个跳跃的音符。

老齐在烧火塘的同时，也偷偷贩卖饭店的煤球。每次送煤的人过来以后，都是他负责点数，老齐会把每天用的煤球数控制好，多余的煤球用麻袋装起来，在晚上找地方卖掉，但小镇上所有人都不知道他卖给了谁。

又会做包子又会下面条的老范气喘吁吁地说：“大老板，咱们饭店出了大幺蛾子。”

大老板看着老范慌慌张张的表情，却并不着急，他知道整个饭店的人，老范最爱打别人的小报告。他说：“范师傅，别急。又谁干了什么坏事？”

老范说：“齐二狗这个人靠不住。”

大老板问：“怎么回事？”

老范说：“此人作风不正，人品大大的有问题。”

“别看他哥一表人才。”老范故作深沉地说，“我估摸也是装模作样。”

大老板说：“别瞎说。齐校长我认识，每天早上都来吃碗面，人看着很正派。”

老范连说：“都是假象，都是假象。”

大老板问：“你究竟想说什么？”

老范说：“你不知道，齐二狗偷藏咱们饭店的煤球。

“我几次撞见送煤球的人和他咬耳说些悄悄话。你说，有什么话是不能光明正大说的？非要偷偷摸摸的，我怀疑这里面肯定有鬼。”

大老板笑了。

老范又说：“齐二狗这种人我看真不能用，又没有媳妇，又没有子女，我怀疑他随时可以拍拍屁股走人。”

大老板说：“不至于，老齐在这不是一天两天了。”

“大老板，人不能看表面。说句不好听的，他今天能顺你的煤，后面就能顺你的锅，顺你的勺，顺你的碗，他中意什么就顺什么，他是吃着社会主义的饭，砸着社会主义的锅。”老范越说越激动，继续义愤填膺道，“像他这种人放在过去就是细作，就是汉奸，要挨我们批斗的。”

大老板打断老范的话，哈哈笑道：“老范，别再说了，锅上的水开了。”

老范不知道，大老板的两个孩子都在齐二狗的做校长的哥哥学校里上学。为了一点点煤不至于。再说齐二狗确实是穷苦家庭出身，三代贫农，他爷爷的爷爷曾经和大老板爷爷的爷爷一起流落街头要饭。往上数三代，在这个镇上，很多人家攀谈起来，最后发现都有点沾亲带故。

再说老齐的哥哥，齐曙光，只是一个小镇上的小学校长，虽然一个小学校长官卑职小，但这个岗位直接面对的是全镇孩子，他就像是那些孩子的大家长一样，他发的令，他说的话，有时比那些孩子爹妈说的都管用。

别人称呼他的哥哥“齐校长”，称呼齐二狗“齐主任”。“齐校长”这个称呼在他们看来是理所当然的，“齐主任”这个称呼则是带着几分讥讽的意味。

齐曙光非常关心他这个弟弟。早年间，他们其实还有两个妹妹，在幼年时都不幸夭折，只有这个比他小五岁的弟弟活了下来。他爹娘顿感这是苍天的恩赐，原来想给他取名齐朝阳，后来算命的说，老大齐曙光的名字太大了，老二的名字最好不压在老大头上，于是给他改名齐二狗。齐曙光上学时，家庭条件十分困难，无法供两个孩子同时读书，齐二狗还没读完小学就主动退了学，把学习的机会让给了他大哥。

所以，很多人说，在学校里找齐校长办不了的事情，去四季饭店找齐主任准能解决。

四季饭店的老范说起他哥，调侃道："看看齐校长，一个星期几套中山装换着样穿，一个星期几条皮带变着法系，一个星期好几双黑色的皮鞋来回蹬，一个星期的头发都整齐地梳在脑后，发丝见光，苍蝇站上面都要滑脱下来。他骑着车在街上就像在视察人民生活，茶色眼镜背后的目光令人退避三舍。不知道他是校长的人，还以为这小子是个镇长呢。"

"再看我们齐主任……"老范继续调侃，"一个星期每天一身深灰色旧衫，衬衫的领口磨得起了一撮撮长毛，就像从六十年代拿回的衣裳，裤子也像从染缸里抽出来的，五颜六色的补丁认不出本来的颜色。一个星期里头发没洗过几回，杂乱得像干枯的草堆，一点火星就能烧起来。脸上的络腮胡须像一个在海上漂泊了多年的老船长。"

老范说："老齐，现在是新社会了，不是旧社会，没有人吃不饱饭，没有人没衣服穿，谁也不要你去救济，谁也不用你当救世主，你也当不了救世主。你现在先救救你自己吧，怎么看着你的模样，总让人感觉还生活在旧社会里哩。毛主席说的三座大山早被推翻了，你这身打扮让人感觉还被大山压着，受地主剥削呢。

"你这个老贫农，四季饭店可从来没有人敢剥削你。"

老齐抖了抖沾在身上的碎煤渣和灰尘，听老范继续说："你有个这么有本事的哥，你怎么不去学校里谋份差事，去学校里总比一辈子窝在这火塘边强。

“我要是有个这么风光的哥，我也早跟着享福去了。但是别看你哥现在风光，早晚也有下来的一天，不当干部了也和我们一样，都是老百姓。”

老齐听了却一点没跟老范急。

他是个慢性子，看火塘这份活计让他的性子这些年更慢了下来，老齐从火塘由冷变热，悟到了些生活的真谛，看开了这世间红尘，就是有些事不必去争，不用去抢，抱着顺其自然的心态往前过。什么是舍？什么是得？什么是输？什么是赢？什么是贫？如何是富？如果整天都在纠结别人对你说什么，那这日子没法过了。如果整天满脑子资本主义，那这日子没法过了。如果整天都想一口吃成一个胖子，那这日子没法过了。日子该咋样过还咋样过，送给你梯子，你也登不了天，摘不了星。况且，在口舌上战胜一个人，说服一个人，打击一个人，就能满意得了吗？这个理实在弯弯绕，没有争头。

老齐摇了摇头。

和老范这个理争到最后，狗屁都不是。这不仅消耗了时间和精力，还徒增了烦恼。表面上看，别人说的话像是关心你，其实还不是变着法地嘲讽。这种嘲讽，使他内心获得满足，使他口舌获得满足，使他在比上不足比下有余的烦恼间获得满足。好比别人在你面前埋了颗雷，你明知有雷却要蹚雷，你被炸了，却换来别人的阵阵讥笑。既然对方爱表演，那就给他舞台让他尽情地发挥吧。况且，人活着不能企盼人人都来体谅自己，懂自己。不给你使绊子的人就已经是非常客气的人了。人生的境遇转换就像这火塘里的煤球木材，时候到了，熊熊的大火一下就烘起来了。

自从齐曙光当上镇小学校长以后，齐二狗感觉自己多少也跟着受人尊重起来。不管那些阿谀奉承是真情实意的，还是虚与委蛇的；是有心的，还是装作有心的。他心里从不犯糊涂。但在孩子的事情面前，他却总爱拔刀相助。

那些人不认识他大哥，但听说镇上饭店烧火塘的老齐是他兄弟，所以他们来四季饭店找老齐，和他套近乎，托他关照孩子的学习。他们先从自己的祖辈说起，说起祖辈生存的艰辛，再说到上一代人生活的疾苦，接着又滔滔不绝地讲起他们这代人为孩子所遭受的辛苦。老齐的心肠是个不能听到别人诉苦的人，那些苦楚看似和他无关，却像一把把锋利的软刀子架在他的脖子上。

他们听老范说，老齐能喝两斤酒，而且不醉。

他们说："老齐，我们就用酒盅了，你就着瓶喝吧。"

老齐说："哪个王八蛋在说我的瞎话。"

齐二狗经常在回家的路上喝得酩酊大醉，在他看来，没有酒的席，就像没吃席一样。他很少回家，有人曾在清晨撞见他提着裤子从一个寡妇家里走出来。

寡妇的名字叫王芬芳，她年轻时有个外号叫王破嘴。她破嘴的外号，是缘于她心里从来藏不住什么事情，别人对她说的任何事情，她从别人那听来的任何事情，都会经由她的嘴传播出去。她的嘴巴就像一个小喇叭一样，每天都会播报奇闻趣事。她走在大街上，手里拿着一截削了皮的甘蔗，边啃边吐，在她经过的路上，被吸干水分的甘蔗碎末散了一地，有一些沾在了她的嘴角和衣服上。她抖抖身上的衣服，甩了甩一头乌黑的长发，长发顿时被抛在了脑后，露出精致小巧的面庞来。她的眼睛笑起来眯成了一条细细的长线，她面庞下的胸脯遮挡住了脚下的路，她的脚步忽而轻盈，忽而急促，摇晃的屁股像挑夫肩上两边的水桶，惹得小镇上路过的男人们纷纷侧目。

王芬芳的丈夫陈山河是个诗人，他以前是在街头拉板车的。拉板车不需要技术，只需要力气。其实，更早时候，陈诗人是在邮亭里帮人卖报纸杂志的。因为经常读报和看杂志，陈诗人的思维变得非常活跃，他经常将自己喜欢的诗歌抄录下来，读给众人听。他也曾将写的巴掌诗歌邮向全国各地，等来的却是石沉大海、杳无音信，但这丝毫不影响他热爱诗歌，他的诗歌创作刚开始总以“啊”字开头，开门见山，直抒情意，比如他写故乡的诗：

啊！
故乡
生我养我的故乡
风雨飘摇的故乡
一贫如洗的故乡
魂牵梦绕的故乡

啊！
故乡
你有母亲的慈爱
你有父亲的胸怀
你对犯错的孩子从不责怪

啊！

故乡

你可知道

漂泊天边的游子啊

踏过万水千山 阅遍世间沧桑

也不及沉溺在你怀中自由畅快

当他读到徐志摩的《再别康桥》时，他的内心顿时充满了浓浓的甜情蜜意，他的诗歌创作也不再以“啊”字开头，而是以“轻轻的”开头，比如，他写给王芬芳的诗：

轻轻的 我遇见你

在轻轻的时光里

轻轻的微风吹过

将你轻轻吹进了我心里

天边流动的云彩

是我追赶你的脚步

远处流淌的小河

是我为你弹奏的乐章

待霞光铺满天空

待星辰照亮大海

待百花绽放丛中
待你蓦然转过身

我的爱意
早已悄悄地沸腾

他把《再别康桥》和自己写的这首短诗一起念给了王芬芳，用充满激情的声音掩盖了他性格上的木讷。

当王芬芳还是个姑娘的时候，她被陈诗人身上文采飞扬的气质吸引，被诗歌中令人无限遐想的情愫吸引，尽管陈诗人的身材微胖，尽管陈诗人的个子不高，尽管陈诗人除了会写几首诗一无所有，尽管陈诗人从不修剪自己的胡须，但这丝毫不影响她为萌芽的爱情飞蛾扑火。

但是婚后，她渐渐发现陈诗人再没有创作过一首诗歌出来。陈诗人认为这和他离开报亭有关。在报亭工作的时候，他可以有免费的报纸和杂志看，那些报纸杂志给他在创作上输送了源源不断的营养，现在他的大脑没有那些营养了，就像不再浇水施肥的花草，渐渐失去生机，开始枯萎了。他的灵感也开始枯萎了。所以，当他拿起笔的时候，他的脑袋一片空白。

王芬芳走在大街上遇到熟悉的人便开启了她的小喇叭："你们当初都看错了，陈山河不是个诗人，你们还叫他陈诗人，他现在一首诗也写不出来。"

王芬芳继续说："他充其量就是个小学文化，你们想想，他受教育的程度还不如我。他看了几天报纸和杂志，戴上一副眼镜就开始猪鼻子插大葱——装相了。

“我就是被他这副假象骗了。他赚钱没本事，男人那方面的活也不行。我们结婚几年，没有孩子，不是我王芬芳不想要，是他那方面有问题。”

王芬芳的声音引来了几个围观的人。

他们悄声地说：“王芬芳真是个破嘴，连自己家的丑事也往外说。”

他们的声音虽然细微，却还是被王芬芳灵敏的耳朵捕捉到，她生气地说：“谁说我破嘴？谁敢说我破嘴，有本事到我跟前来说，老娘打你们的嘴。”

老齐在人群里看见了经常去他们饭店吃面条的王芬芳，说：“让陈诗人到我们饭店来吧，帮老范打打下手，我跟大老板说下。”

陈诗人也不喜欢王芬芳这张到处乱说的嘴，晚上，他对王芬芳说：“王芬芳，你把事烂在肚子里，不要在外面宣扬。烂在肚子里，你懂不懂？”

王芬芳说：“嘴长在我身上，我怎么高兴怎么说。”

陈诗人说：“你的嘴就像寒冬腊月的雪，说的话像屋檐下结的冰凌，直往人心窝里钻。”

王芬芳说：“不是因为你那方面有问题，我现在能总在背后被人指指点点？敞开天窗说亮话，我不宣扬，别人也清楚。”

男人最忌讳别人说他男性方面的问题，就好比被人踩着了尾巴，抓了短处，戳了痛处。陈诗人的男性问题被公布于众后，就像扯下了他最后一块遮羞布，他恼怒地说：“王芬芳，你每天早上要吃掉一个烧饼，一碗豆腐脑，还有两根油条。下午的时候，你还要去理发店让别人给你做下头发，然后去逛人民商场，晚上的时候，你的桌上摆放着软糖、瓜子和花生，你过的每一天都像在过年，我过得每天都度日如年，你还有什么不知足的。”

王芬芳一听，把面前放瓜子花生的小桌子掀翻在地，气愤地说道：“你说这话什么意思？明明是你自己有问题，怎么说起我来了？我去逛人民商场，你哪只眼见我买东西了？”

陈诗人被怼得哑口无言。

他走在街上，遇见推车回家的马三斤，咬着后槽牙说：“我要杀了王芬芳。”

马三斤听后一惊，道：“千万别瞎说，杀人的话可不能随便说。”

陈诗人道：“我要白刀子进，红刀子出。”

马三斤劝道：“搭伙过日子，有啥事是不能说的、不能商量的，非得到杀人的地步呢？”

陈诗人说：“不可能商量，也商量不了。”

马三斤道：“杀了人，你也要挨枪子儿。”

陈诗人说：“我现在就要去买刀。”

马三斤说：“听我一句，别想不开。”

陈诗人说：“谁再多说一句，我连他一起杀。”

马三斤不说话，走了。

陈诗人继续脚步匆匆地往前走，他又遇到了齐二狗。

他说：“齐二狗，哪个商店卖的刀快？”

老齐看着眼睛没神，像丢了魂的陈诗人问：“唱的哪出？”

陈诗人说：“我要买把快刀杀了王芬芳。”

老齐一听，大惊失色道：“可不能胡说，杀人要偿命哩！”

陈诗人说：“不就是宰个人吗？和杀只鸡一样。偿命就偿命。”

老齐说：“千万别冲动。”

陈诗人依然说：“谁再多说一句，我连他一起杀。”

老齐飞快地跑到王芬芳家门口报信，他步履踉跄地冲进门里说：“你赶快出去躲躲，我刚才在街上碰见陈山河了，他说要杀你。”

王芬芳听了，扑哧一声，毫无惧色，笑得身体发颤道：“他可没这个能耐，他连只鸡都杀不了，他见血就晕。”

陈诗人走在街上又遇到在街头拉板车的一些人，这些人皮肤被晒得黝黑，后背看见亮光，突然激起他对过去生活困苦的万分感慨，虽然他此刻心中愤怒无比，但对这些最底层的人却充满同情。

这时候，板车都被整齐地排在路边，那些人从怀里掏出烟，普遍的是一块钱的白马楼，还有自己制作的卷烟。他们抽烟要把烟一直抽到烟屁股，等闻到烟屁股里海绵被烧出阵阵焦味时，才会将烟头弹出去很远。他们呆坐在板车旁边的神情就像是一群无助的乞讨者，额头一道道像沟壑的皱纹下，企盼的目光投射在每个过路的人身上。

陈诗人暗叹命运的不公，这么一群努力生活的人却活得如此辛苦。他暗恨那些他投了稿的杂志社为什么没有一家采用了他的稿件，哪怕一家发表下他的作品，他自认为他后来新月派的诗歌创作完全脱胎换骨，但别人就是视而不见。如果他的诗歌被印成铅字在杂志上发表，那在小镇上是多么令人称奇的事情。

陈诗人不知道的是，他在向那些板车师傅投去同情目光的时候，那些人也在默默同情他的遭遇。

他们看见失魂落魄的陈诗人说：“陈诗人可惜了，过年帮人写的对联，那字龙飞凤舞，真精神。

“王芬芳那个娘们儿，仗着胸脯镶了两个秤砣，其他一无是处。嘴太坏了，谁娶回家，谁他娘的倒霉。”

陈诗人虽然嘴上一直说要杀了王芬芳，但是心里却根本没这个胆，他想到了一个人。

卖鸡又卖鹅的溱南庄的老邓看见陈诗人怒气冲冲地走来，说道：“杀鸡还是杀鹅？”

“两样都不要。”陈诗人说。

老邓说：“别的我没有。”

陈诗人说：“你有刀。

“你有杀鸡杀鹅的刀。”

老邓说：“我不卖刀。”

陈诗人说：“我要用你杀鸡的刀，去抹了王芬芳的脖子。”

老邓吓了一跳，说：“别开玩笑。”

陈诗人道：“没工夫开玩笑。”

老邓说：“我的刀小，只能抹了鸡的脖子，抹不了人。”

陈诗人说：“能放血就行。”

老邓说：“你发羊痫风了吧？回去吃点药。”

陈诗人说：“都是王芬芳逼的。”

老邓说：“看不出来，肚子里有点墨水的人，冲动起来也是一根筋。”

老邓说：“算了，别说丧气话了，我逮只鸡给你带回去。”

陈诗人问：“你到底借不借？”

老邓说：“看样子，你还真想杀了王芬芳。”

陈诗人说："我不是开玩笑。"

老邓赶紧藏好刀，说："我只会杀鸡，不会杀人。我借给你刀就等于犯了法，你杀人也是犯法的事，都不能做。"

随后，老邓又说："王芬芳就是张破嘴，你知道她是个啥样的人，她虽然到处去说，但是她扭头就忘，她不仅说你也说过我，我们六一桥做小生意的都被她传过话，她个娘们儿家家，你跟她计较个什么。一只耳朵进，另一只耳朵出就行了，权当她的话是一阵风，别往心里去，日子该咋过还咋过。"

陈诗人说："不杀了她，我心里一点都不痛快。"

老邓深深叹了口气道："我嘴巴都说得冒烟了，你怎么还听不明白呢！我不拦你，你赶紧去杀吧，你痛快不了多久，就会被派出所抓了枪毙。你是在世上白活了一回！"

老邓的一番话犹如醍醐灌顶，点醒了陈诗人，他最后并没有杀了王芬芳，他饱含着复杂的情绪给王芬芳留下了最后一首诗，诗的内容是这样：

我在梦里杀了那些我不喜欢的人
那些对我充满恶意的人
他们一点都不敢走进我的梦里
在我的梦里
他们将有去无回
他们只能静静地跪着
等刽子手的大刀慢慢落下
我杀的不仅是他们的肉体

王芬芳把这首诗拿到别人面前，说道："这就是陈山河写的诗，你们看看，智力就像个孩子。"

在陈诗人失踪十天后，王芬芳悠闲地在家嗑着瓜子。

在陈诗人失踪二十天后，王芬芳淡定地在家啃着苹果。

在陈诗人失踪三十天后，王芬芳着急地去了派出所。

在陈诗人失踪六十天后，王芬芳在大街上不停地到处转悠。

在陈诗人失踪三百六十五天后，王芬芳没有了以往的脾气。

在陈诗人失踪两年零四十天后，有人说："陈诗人已经死了。"

也有人说："陈诗人去了别的地方。"

王芬芳说："不找了，就当他死了。"

在陈诗人失踪三年后，所有人都认为陈诗人不会活着了。

成了寡妇的王芬芳似乎受到了强烈的打击，不管她走到哪，都会被人在背后指指点点。因为她已不再是姑娘了，是个婆娘了。她每天不再去吃烧饼，喝豆腐脑，吃油条，也不再去理发店让别人给她修剪头发，更不再去人民商场，她像完全变了一个人。她在多少个夜晚看见陈诗人在她的梦里用恶狠狠的眼神望着她，吓得她一直开着灯睡觉。

王芬芳对老齐说："陈山河在梦里的一张长脸已经浮肿成了一张圆脸，那张脸白得没有一点血色，陈山河应该死了吧？"

王芬芳说这话时，老齐浑身打了一个冷战。

这三年里，老齐经常偷偷往王芬芳家送东西。有时候是送煤，有时候是送瓜子，有时候是送包子，有时候是送水饺，有时候是送水果。

王芬芳起初拒绝过老齐送的煤、送的瓜子、送的包子、送的水饺，但最后她接受了老齐送的水果。送完水果的老齐站在门口看着蹲下身在洗头的王芬芳有点不知所措，她那像秤砣一样的胸脯被挤压在了膝盖上，她撅起的屁股又大又圆，她的裤子似乎有点滑到了屁股沟上，齐二狗顿时想入非非。

王芬芳站起身的时候，甩了甩一头乌黑的头发，一片水珠洒在了齐二狗的脸上，他顿时慌张地转过脸。

王芬芳看见他窘迫的样子发出了银铃般悦耳的笑声。这笑声扰得齐二狗本就不平静的心更加春心荡漾。

她说："你是不是没看见过女人洗头发？"

齐二狗支支吾吾道："这哪见过，没见过。"

王芬芳说："你总送东西给我，你是不是藏着什么坏哩？"

齐二狗紧张道："别误会，我可没什么坏心眼。"

王芬芳说："你们男人不就成天想着那点事。"

齐二狗脸涨得通红，说不出话来。

王芬芳说："你是不是真没和女人好过？一个也没有？"

齐二狗说："没有。"

王芬芳半躺在床上看着站在门口拘谨的齐二狗笑得花枝乱颤。

她说："打死我都不信，你都是个老男人了，你发誓，我就相信，你现在发誓。"

齐二狗想飞快地逃离出这间屋子，但他的脚下却像被胶水粘住了，抬起的步伐变得异常沉重。

他说："我不发誓了，我就是来看看你。"

王芬芳突然叫住他，说道："你发誓，我就给你个机会。"

齐二狗问："啥机会？"

王芬芳说："你别装傻充愣了。

"今天过了这村没这店，趁我没改主意前。"

齐二狗呆呆地盯着王芬芳的脸。

王芬芳说："就当报答你没嫌弃我是个寡妇。"

随后她便关了灯，在一片漆黑中轻轻说道："我不要你发誓了，你还犹豫什么。"

齐二狗这会身体里的火苗仿佛立即就要喷射出来。

当他借着微弱的月光蹑手蹑脚碰到床沿的时候，他看见寡妇半敞的衣衫下忽隐忽现的胸脯跟着心跳在微微起伏着，像两座山峰，他浑身就像跌进了火塘，但当他想起寡妇说起她梦到陈诗人的样子时，他全身的热火又随之像被一阵急骤倾盆的暴雨浇灭了一般。他借着微弱的夜光注视着眼前这具曾令他朝思暮想的胴体，他身体里的火苗再次燃起，他的手滑向了寡妇的胸脯深处。

第三章

齐二狗曾经在马三斤家住过一段时间，有一年马三斤媳妇李玉芳住院生孩子的时候，家里掏不出钱，穷得要卖鸡。

他媳妇拦住他，说："鸡是家里最后的退路，再穷不能卖，再说鸡能生蛋，生的蛋也能卖钱。"

马三斤于是找齐二狗借了两千块钱。

当时，李玉芳躺在病床上，圆滚滚的肚子像装了一个熟透的西瓜，随时都会崩开。

妇产科的医生再次来到病床前，问："费用上齐了吗？"

李玉芳说："还差五百块钱。"

见医生总来催，马三斤到鸡窝里拾了些鸡蛋，洗了送给妇产科的主任。

马三斤凑到医生耳边说："都是草鸡下的蛋，正宗的。"

那医生挑头，扫了一眼马三斤怀里的袋子，接过了鸡蛋，说：

“出院前，一定要把欠着的钱补上来，不然我也帮不了你。”

马三斤连连点头。

医生又检查了下李玉芳的肚子，说：“前面还有两个，一会儿听见我的叫声你进产房。”

马三斤当时还在四季饭店，他回家翻遍所有柜子只凑出两百块钱，他的亲戚也凑不出几百块钱出来。他找到他媳妇的一点首饰，拿到金店门口进去了出来，出来了进去，在金店老板的白眼下又跑回了家。

他找到下面条的老范说：“还真就难住了，医院那边没钱出不了院。

“想把一点金子卖了，想想又不值当，一来对不起玉芳，二来十年以后，金价说不好得翻几番。这万一玉芳回来知道我卖了她的金子，不得跟我拼命。”

老范一听，道：“我现在也是活遭罪，我媳妇是个药桶子，天天指望着这点钱看病抓药，有时我真想走在她前头。

“我帮不了你。你找齐二狗，他光棍一条，这么多年，他没办过什么大事，这么多年，他的钱堆得不得像草堆一样高。”

马三斤又去找齐二狗。

齐二狗从没借过钱给别人，他一听“借钱”两字，嘴角多少有点哆嗦地问：“借多少？”

马三斤说：“两千。”

他问：“啥时还？”

马三斤说：“一有就还。”

他又问：“啥时要？”

马三斤说："现在。"

齐二狗说："你是我爹，话撂完立马就得兑现。"

马三斤说："不放心，我可以写条子给你。"说着就去找笔。

齐二狗在后面喊："不用写。不怕你不还，不还就住你家。"

马三斤回到医院的时候，李玉芳已经被推进了产房。当她被推出来的时候，她的眼里噙满了泪花。

马三斤看着儿子呱呱坠地，心里却一点兴奋不起来。

这时候，医生又走进病房问蹲在角落里的马三斤："钱带了吗？"

马三斤支支吾吾地说："马上就有，马上有人送来。"

医生有点不悦地走出了病房。

马三斤发着牢骚，满嘴嘟囔地道："吃了我那么多草鸡蛋，还一点好脸色都没给。"

李玉芳问："你在说什么？

"不行，你再去找我们家亲戚问问。"

马三斤说："可拉倒吧，那些人整天嘴不是嘴，脸不是脸，眼睛都长在脑门上，我张不了口。"

李玉芳着急地说："你又没米下锅，又要脸面，这可咋办？

"明天就得出院了。"

马三斤说："不急。"

第二天一早，医生又走进病房，问马三斤："钱送来了吗？你们今天就得办出院手续了，我已经帮你拖了好几天了。"

正说话的间隙，一个人影闪了进来。

来人正是齐二狗。

他快步走到马三斤面前，从怀里掏出一张被叠起来的报纸，有些过意不去地说：“昨晚有点事给耽误了。”

马三斤一层层地打开报纸，里面包着一沓钱，钱的四边角都有点发黄卷了起来，他把钱过了一遍，没有一张崭新的，但是他此时望向齐二狗的眼神，像望着一个救星一般。

他紧紧握住了齐二狗的手。

马三斤孩子百日宴，在空地上摆了三个圆桌。他媳妇李玉芳人头算得紧，一般的交往，一家只带了一个人，关系很近的约了两个人，这样算下来差不多三十人。

马三斤看见老姜手上提着两包红糖，老邓拾掇了些鸡蛋，老孙拎了条鱼，老谢带了块肉，老张带了块花布，老夏什么都没有带。

他从裤袋里掏出小红本，一会儿抬眼看桌子，一会儿低头看本子，他轻声自言自语道：“卖豆腐脑的老夏来了，卖冰棍的老姜来了，卖鸡的老邓来了，杀鱼的老孙来了，卖肉的老李来了，开小卖部的老张都来了，老范没有来……”

快开席的时候，老范匆匆走了进来。

他手上提了一些水果。

马三斤把齐二狗拉到了主位上，他则像陪客坐在了一旁。

老夏不知道马三斤什么时候和齐二狗走得这么近，心里顿时有点不快。再看今天，他把自己安排和卖鸡的老邓坐在一起，老邓常年不洗澡，身上一股鸡屎味。

他说：“老齐，你抢哪门子风头，你怎坐在主位上了？”

老邓对老夏说：“就你话多，坐哪不是吃，坐哪少喝了酒还是少吃了菜？”

老夏又说起老邓："老邓，你是刚杀完鸡过来的吧，手洗干净了吗？把嘴也洗洗，听说最近外面在闹鸡瘟。"

老邓反击道："放你娘的屁，你的嘴里吐不出象牙来。"

老夏面向众人说："你们看看，老邓急眼干什么？我说啥了。"

老邓朝地上啐了一口吐沫，道："你别仗着自己个高，就欺负人，我可不受你欺负。像你这样的，我能打俩都不带喘气的。"

老夏笑着说："老邓，我今天算看出来了。你除了会卖鸡还会吹牛，你的牛吹得可是天下第一。"

老夏接着道："老邓，你上辈子不会是个赶牛的吧？不然你的牛皮不可能吹得这么响。"

众人笑了。

老邓鼓起的腮帮有点抽动地说："不服你试试。"

马三斤见老夏和老邓间的火药味越来越浓。他赶紧拉住老邓的手，道："算了老邓，你少说两句，别伤了和气，老夏也没有坏心。"

老邓拨开了马三斤伸出的手，拿起杯子一仰脖子干了杯里的白酒，看得众人目瞪口呆。

众人也默不作声，一起望着老邓的嘴。

那张嘴上的胡子茬儿沾满了晶莹剔透的酒花。

老邓满脸通红，扫兴地道："怪我话多了。"

说完，站起身拂袖出了门。

马三斤刚想追上去拉老邓。

这时老夏在背后说道："别追他，老邓这人就是心胸小。"

众人又开始继续喝酒，仿佛刚才的事情没有发生一般。

没过多久，齐二狗便带了些随身的衣服到马三斤家里住了下来。他有时候也不是天天来，一个星期也会有一两天不来。但一来，每次吃饭都要喝点酒。两人性子都慢，一顿酒能从中午一直喝到傍晚都散不了。

齐二狗说："上次老邓和老夏斗嘴，是为你出的气，你真不该帮老夏说话。"

马三斤故作不知，问道："哪只眼看出来我替老夏说话了？"

齐二狗笑了："明眼人都瞧得出来，搁我跟前还装啥装。

"老邓那天是在帮你说话，你怎么还反过来说老邓，这下可伤了老邓的心。"

随后又问："老夏是你的朋友，老邓就不是你的朋友了？"

马三斤被齐二狗突然一问，不知该作何回答，在集市上，他和老夏挨得近，自然就亲近些。再说，自从离开四季饭店，他还真没再处过什么朋友。

齐二狗说："人不能只交一种朋友，朋友里有跟你换真心的，也有不换真心的。"

马三斤问："不换真心换什么？"

齐二狗说："不换真心的朋友坚决不能处，面上点个头，也不得罪人。"

马三斤暗想，平时不惹人注意的齐二狗，讲起来却是头头是道。

齐二狗说："像咱俩之间就是真心换真心。你说，我是穷得自己喝不起顿酒吗？非要大老远跑你这来喝。"

说完，齐二狗点燃了一支烟。

马三斤打发他媳妇李玉芳去小店里买酒。

酒买回来，他媳妇捏着鼻子把酒放桌上回屋收拾。临进屋前对马三斤说道："人老齐能喝，你不能喝，你就喝点茶代酒。"

马三斤突然放大嗓门道："你这说的哪门子话，让老齐一个人独饮，这像什么话。"

李玉芳立马斜了他一眼。

他说完拧开瓶盖，倒出的白酒就像奔涌的泉水，从杯底慢慢漫上来，老齐看着差不多快满的酒，用手指在桌面上敲了敲，示意马三斤收住壶口，刚好满满一酒杯。

老齐咧开了嘴，沿着碗沿吸了一口，紧皱的眉头缓慢舒展开来。

马三斤也咧开了嘴，沿着碗沿浅浅吸了一口，酒在喉咙里发出嗞嗞的声响，接着一路钻到了胃里。

他的脸颊被酒精刺激得有些发烫。

老齐说："想不到你也是怕媳妇的人。"

马三斤借着酒劲道："不是怕，是不爱吵。吵起来鸡飞狗跳的，让邻居看笑话。"

齐二狗用眼角的余光偷瞄爬着梯子上到屋顶平台上晒衣服的李玉芳。

李玉芳每天早上五点起床，就开始从门后面搬出一个红色的长筒盆，放进全家衣服，现在还有老齐的衣服。洗完衣服，她开始做饭，打扫屋子。屋子并不大，但是东西很多，有些旧家具是别人不要送给她的。她蹲下身又俯在地上，把房间的犄角旮旯都擦拭了一番，觉着还忘了什么地方，于是她又拿着扫帚趴到了床底，在床底扫出来的灰尘中，发现了马三斤藏在一个塑料袋里的五块钱。她去平台上晒衣服经过马三斤身边的时候斜了一眼马三斤，那目光里的愠怒，马三斤似乎没看见。

齐二狗抿了一口酒道："像我们这种粗人，这家里没个女人还真不行。"

马三斤说："是啊。一个人过不出个日子，也没个奔头。"

马三斤问："这些年，你就不想成个家？"

齐二狗："年轻的时候没找，现在找有点晚了。"

马三斤又问："这些年，你就不想个女人？"

齐二狗笑了。

马三斤又说："他们说你跟王芬芳那事真的假的？

"其实王芬芳人也不错，虽然之前和陈诗人，后来的事你也知道，王芬芳人不坏，就是嘴差把锁。"

马三斤以为齐二狗是担心别人背后说他捡个破鞋，便说："我看陈诗人八成是死在了外面，如果没死，这几年都没回来，也该重新成了家。这么些年，就是变成个残疾人，爬着也爬回来了。"

马三斤说："你别担心合法不合法的事，只要王芬芳去法院申请了强制离婚，就算陈诗人还活着，他爬回来也没用啦，谁让他这几年不回来，让王芬芳守着活寡，哪个女人愿意呢？

"咱这地就这么大，你和王芬芳的事早晚会传开，我就担心到时候糊不住别人的口。你再大的本事，一人一口吐沫就能把你淹了，你还别不服气。"

马三斤说了一堆话，不知他有没有往心里去，齐二狗的内心此刻就像大海的波涛一样翻滚不停。他今天在马三斤家洗完澡换了衣服就回了家。

此时天色已晚，凉风习习，天空漆黑一片，没有一点星光。马三斤送完齐二狗，悠闲地躺在小院的藤椅上，脸色舒展地冲房间叫道："快出来收拾桌子。"

他媳妇在里屋回："没工夫，你自己收拾吧。"

马三斤又叫道："快给我泡上一壶茶让我解解渴。"

他媳妇回："没工夫，你自己泡吧。"

马三斤说："齐二狗今天走了。"

他媳妇说："你等着，我来了。"

李玉芳看见他正悠闲地躺倒在藤椅上，头歪在一边，想起下午在床底打扫发现的五块钱，一脚把马三斤连人带藤椅蹬倒了。

马三斤的思绪正飘在九霄云外的梦中，突然坠落在地上，一丝疼痛中睁开眼满脸怒气地望着李玉芳。

李玉芳："我今天身上不舒服，我干了一天的活，你喝了一天的酒，我处处都省着花钱，你还在床底藏了五块钱，我想睡一会儿，房子又漏水，我还给你生了儿子，最后真心换了个黑心。"

说着说着，李玉芳就坐在堂屋的门槛上啼哭起来，又想起生孩子没钱出院的情景，顿时啼哭变成号啕大哭，她边哭边拍打着门框。

他们门口的邻居听见李玉芳的哭声从屋子里传遍巷子，走过来对还躺在藤椅上的马三斤说道："你也不劝劝李玉芳，快把她拉起来吧。"

马三斤晃悠悠地从藤椅上站起，走过来对邻居无奈地解释道："我又没打她，她把我弄一个狗吃屎，你们看看我还没生气，她倒闹起来了。"

邻居说："两口子过日子，哪有锅沿不碰勺的？要下雨了，去把她扶起来回屋吧。”

说话间，一滴雨点落在马三斤的额头上。

他走过去便对他媳妇说：“好了，你别再哭啦，我头都被你哭大了，我告诉你我今天喝了一肚子酒，今天不想跟你吵，你去房间躺着吧。”

李玉芳并没有停止哭泣。

马三斤又走过去用力地把她扶起来，说：“我怕啦，这女人的眼泪就像天上要下的雨，说来就来。”

在李玉芳起身走回屋的时候，雨点也开始渐渐串成了一条条笔直的长线，连接天地，一会儿便像一颗颗透明的珍珠从线上滑落了下来，砸在了屋顶和小院的地面上，发出滴滴答答的声响。

马三斤安慰好李玉芳，走进房间，看着床铺上面的屋顶往下一点点地渗水，渗水刚开始也像滑落的珍珠一样，一颗接着一颗。他们房上屋顶的瓦片已经在风雨中飘摇了几十年，年久失修，和人一样，也老了。很多裂开的瓦片都需要换掉，以前每当下大暴雨的时候，他就在漏水口的下面摆上两个塑料盆，这两个盆子，一个是李玉芳洗屁股用的，一个是他们洗脸用的，一个盆子接满了，半夜起身换另一个盆子。

多年以后身患尿频的马三斤对他儿子马公民感慨地说：“这总尿不净的毛病就出在屋顶的漏雨，现在一下雨听到雨声就像听到了起夜的铃声，就得上厕所。”

李玉芳早就叫他把屋顶修一下了，他也想修，但是他当初结婚还欠着别人的钱呢。

现在手头有点空钱，马三斤打算要开始修这个屋顶了。

他先找来了家里一块废弃的油布，把它折叠起来，然后在床头床尾固定了四根钉子，在油布的每个角各掏了一个小洞，把铁丝穿进去，固定在四个钉子上，就像在床上面撑开了一张网，盆放在网上。

“先将就一晚，至少能睡人了，天好了再修。”

李玉芳不哭了，她站在马三斤后面咯咯地笑了起来。

她说：“想不到笨人还有笨方法。

“今天我不能帮你收拾桌子了，也不能帮你泡茶了。我要早点睡觉，就当你背着我偷偷藏了五块钱的惩罚，我给你们家做牛做马，你还背着我藏钱，我是前世欠你们家债了，今世还债来了。你的五块钱我没收了，明天炖点鱼汤给我补补身子。”

李玉芳说完就躺床上去了。

自从上次齐二狗和马三斤喝完酒，李玉芳便在他吃过的碗底悄悄留了记号，她在睡觉前对马三斤说：“以后老齐用的碗，碗底都有个小黑点，你拿碗装饭的时候最好注意下。

“这筷子还真没法做记号。”

马三斤说：“好端端的碗，你做什么记号，况且老齐还借钱给了咱们……”

李玉芳说：“不是钱不钱的问题，我不想用他用过的碗，我吃着心里不舒服。”

马三斤不耐烦地道：“就你事多。”

李玉芳从背后推了一把马三斤，说：“你知道个屁。”

随后，两人背靠着背睡去。

齐二狗现在不去寡妇那就会来马三斤家，他洗澡前，马三斤会在小院里帮他把热水烧好，院里中央有个方形水池，是用花岗石砌起来的。洗澡时人就站在水池旁边，水池不放水洗澡的时候，李玉芳就在里面洗菜、洗衣服。

马三斤对齐二狗说：“你洗澡的时候穿着裤衩洗。”

老齐疑惑地问：“洗澡不都光着吗，穿着裤衩咋洗？”

马三斤说：“我也是这么洗的，这光着洗，附近屋顶平台乘凉的人都瞧得见。”

老齐说：“我可不小气，谁想看，谁看。”

老齐在洗澡的时候，李玉芳会待在房间里不出来，或者上街转一圈再回来。因为老齐洗完澡要到堂屋里换衣服，李玉芳在不方便。

洗完澡，马三斤把老齐和他的衣服都交给了他媳妇，让她一起洗掉。

当李玉芳在洗澡的时候，又换成了老齐和马三斤被关在房间里，但她始终感觉有双眼睛在门后注视着她。

马三斤对她说：“你放心，老齐和我都在房间里，他不可能跑出去偷看。”

李玉芳泄气地道：“这年头借了别人钱就像有短处落别人手里了，就像被人卡住了要害，动弹不得。”

洗衣服的时候，李玉芳又说：“老齐的裤衩，我不洗，要洗你自己洗。”

马三斤说：“这洗衣服缝衣服都是你们女人天生应该干的事情，洗一件和洗十件有什么分别。”

李玉芳埋怨道：“伺候一个男人不够，现在要伺候两个男人，我上辈子是作了什么孽，得这个报应。”

马三斤赶紧捂住他媳妇的嘴巴，道：“又来了，就你事多。”

第四章

马公民上中心小学的时候，齐曙光还兼着他们班的数学老师，曾经马公民因为数学考不及格被齐曙光叫到学校教导处训了一通，说他不好好学习，让他罚抄课文十遍。

马公民红着眼眶一路小跑回家看见齐二狗正洗完澡赤裸着上身和他父亲马三斤坐在四方桌上，于是拉着老齐的肩膀气愤地对他说齐曙光要罚他抄课文的事情，老齐笑了，淡定地说道：“你快去玩吧。我现在批准不用罚你写了，晚上回去我帮你教育他。”

马公民眨着眼疑惑地问道：“真话假话？”

齐二狗摸了摸马公民的头顶道：“男子汉一口吐沫一个钉，岂能胡说假话。”

马公民顿时喜笑颜开，又嘻嘻哈哈地跑外面玩去了。

一个阳光明媚的下午，一条关于齐曙光的坏消息在小镇上传开来。

坏消息是关于齐二狗的大哥齐曙光的。

坏消息的消息源最早出现在集市上，后来又传到了四季饭店，从四季饭店这个窗口传遍了全镇。

一个老师去集市上对卖肉的老李说起齐曙光和他们学校的一个年轻女老师有一腿。齐校长有老婆，那个年轻女老师还没有结婚，那个女老师的母亲知道后要从外地赶过来去学校杀了齐曙光。齐校长自己的媳妇现在也有杀他的心，那个老师说，齐校长现在真可怜，再活两次都不够被杀的。

老李问："这么一说，齐校长命不长了吧。"

那个老师笑着说："难说。"

老李又问："那齐校长还能做校长吗？"

那老师说："估计是在学校待不下去了，他这是生活作风出了问题。"

老李问："那齐校长会被抓了游街公审吗？"

那老师见老李一点不懂法，觉得自己是在对一头牛乱弹琴，便不耐烦地道："不至于，我不是跟你说了，他这是属于生活作风的问题，不是大问题。"

那老师走后，老李一边分割着案板上的肉，一边自言自语："生活作风问题不是大问题，都要闹出了人命了还不是大问题？"

四季饭店的老范知道了以后，一边下着面条，一边神气十足像说快板似的说道："按理说，这话我不该说，按理说，我早就看出了端倪，按理说，齐校长早晚会有事。"

他对着排在他身后，前来端面碗的一众食客说："生活作风这个问题，其实就是个'鸟'的问题，就是个没管住裤裆里那玩意的问题。别看齐校长风光，再风光他也是人，是人都有七情六欲，就看自己能不能管住裤裆里的玩意。管不住，唉，就得犯作风问题。”

这几天，犯了作风问题的齐曙光在办公室坐立难安，他最近都睡在了学校。上面教育部门的领导已经找他谈了话，他媳妇到学校在他办公室的哭声震得操场的旗杆都晃动了。在他办公室哭完，一下午围着旗杆转个不停，见没人理会她，她便开始徒手爬旗杆。旗杆是不锈钢做的，在夏天又烫又滑，她爬了两下，肥胖的屁股半蹲下来，身体刚跃起来就掉在了地上，她一个人在那反复爬了四五次都掉了下来。掉下来后，她不再爬旗杆了，从地上站起来的她开始用脚踹旗杆，旗杆晃动得发出阵阵声响，阵阵声响引来了住在学校的几位老师。

此时，刚好是星期天，学生都放了假。住在学校的几个老师看见一个女人在破坏旗杆，便赶紧跑过去拉下了她，其中一个老师飞快去了齐曙光的办公室。

齐曙光望着旗杆下他的媳妇说：“你拿旗杆出什么气？旗杆是学校的公共财物，损坏要赔偿的。”

他媳妇说：“你今天不把人交出来，我就从旗杆上跳下来。”

齐曙光说：“你跳什么跳，你爬都爬不上去。”

他媳妇说：“我今天找个梯子，我也要爬上去跳下来。”

齐曙光说：“你让我交哪的人？你赶紧回家，别在这无理取闹。”

他媳妇说：“那个年轻女老师是不是姓韩？我都打听到了，你把她交出来。”

随后她便在旗杆下面扯着嗓子喊：“那个姓韩的女老师，你是不是看见我来害怕了？我告诉你，你别躲着，你躲得了初一躲不过十五，你躲得了今天躲不过明天，明天，我就能找着你。”

齐曙光说：“好了，你别在这乱喊乱叫了，你想叫，你回家去叫。”

他媳妇抱着旗杆坐在地上，道：“我哪也不去，我就在这。”

齐曙光蹲下身说：“你真是我的克星。”

他媳妇说：“你和她在一起就愿意听她说话，和我在一起就一句话不说。”

他媳妇说：“难怪，每次回家一句话不想说，原来在学校话都跟别人说完了。”

齐曙光实在不理解他的媳妇为什么这样说话，她的话就像蹦出的石头一样砸在他身上，他艰难地站起身说：“我实在和你沟通不了。”

齐曙光时常在想，是不是自己在某些地方太爱表现，比如穿着上，说话上，甚至眼神上，导致招来了别人的误会。他也承认，他有时也期待着年轻女老师走进他的办公室，坐下来和他说话，说无关于学生和学习的话，他非常愿意静静倾听她讲这些无关的话，这让他的内心感到平静和安宁。他们说话的时候，大门是敞开的，他们说的话是光明正大、光明磊落的，但就是这样的说话，却不知为何被传出了他生活的作风问题，被传出了他和女老师关系不正常的问题。

他曾经在一本外国的文学书中读到过，他这种情况应该是精神出轨。精神出轨和身体出轨不同，精神出轨并无任何实质的关系发生，精神出轨在他看来就是思想滑坡，偏离轨道。并且他在精神上从没有出轨过那位年轻的女老师，他只是欣赏，所以这种欣赏连精神出轨都不算。他现在觉得很可笑，他生活和工作上只不过多了一个可以无话不说的人，现在却像一个被众人抓住的尾巴一样。人们在精神无聊、空洞没有追求的时候，把他当成了一种消遣。这种消遣就像一种生活的润滑剂，调节了枯燥苦闷的生活。

年轻的女老师并没有想到事情会变得这么复杂。他们的无话不说变成现在人们传言的男女关系。她自己主动找到上级部门派来调查的有关领导说明情况。

她说："齐曙光是个好校长，我欣赏他，你们不应该给他扣一顶这么大的帽子。"

领导十分诧异地望着她，表情严肃地问道："这么说，你承认了？"

女老师说："我们什么关系也没有，我承认什么？我说的欣赏是一种发自内心的敬佩。

"你可以问问中心小学的老师和学生，有谁不喜欢齐校长？他从没有侵吞过学生的一分钱。"

领导轻敲桌子提醒："我讲的不是他经济的问题，是生活作风的问题，你多讲讲这方面的问题。"

女老师说："生活作风就更没有问题了。我和齐校长是很谈得来的朋友，我们是同志。不能因为经常在一起说话，组织就扣个生活作风的帽子吧。"

领导说："这个不会，我们不会乱扣帽子，冤枉好人。"

领导问："你讲的话都是实话？"

女老师说："句句属实。"

领导说："你这位小同志，这些话你怎么不早点说？"

女老师说："我说了没人相信我。别人宁愿相信道听途说的假象，也不愿相信我说的真相。"

领导说："好了，你别说了，情况我清楚了。"

"你们后面说话……"领导想了想说，"还是应该保持一定距离，工作上的交流是可以的，免得造成不必要的误会。"

这件事情没过多久，为了消除影响，年轻女老师主动申请调到偏远乡镇的学校去。

齐曙光有点不舍地说："小韩，你看这事闹的，我都有点不落忍。"

女老师伤感地说："我调走了对你也好。趁年轻，我也想多出去见识见识。

"只是少了一个能交心的朋友。"

齐曙光点点头。

女老师动情地说："我父亲去世得早，在我不满五岁的时候，我父亲就去世了，我没有兄长，我是独生子女。齐校长，您就像我的兄长一样。"

齐曙光听后感动不已，他刚想上前握住女老师的手，霎时间又将手收了回去，他故作淡然地说："小韩老师，希望将来你能教出更多优秀的学生。"

齐校长被洗清了冤屈，但是四季饭店的老范逢人还是说："我可不信齐校长和那个女老师在一起只是聊聊、谈谈，听说那个年轻女老师模样长得挺俊俏，他就一点感觉都没有？反正让人感觉不正常。"

时间一长，人们已渐渐淡忘了齐校长的事情，也没有人再有兴趣提议把齐校长拿出来批斗，因为有比批斗齐校长更重要的事情正成为人们新的谈资。

那就是，陈诗人回来了。

是的，就是那个当初走在大街上一路叫嚣要杀了王芬芳，那个被王芬芳瞧不起的男人，那个自诩为诗人，那个后来再也找不见失踪了三年零三个月的陈诗人回来了。

现在的陈诗人脚上穿上了一双崭新的皮鞋，浅米色的休闲裤，上身搭配白色的精纺衬衫，领口束着一条暗红色的领带，光滑的脑门上戴着一顶鸭舌帽，像一个刚刚归国的华侨。

他在集市上一边走着，一边扶着鼻梁上的黑色墨镜。

他走到马三斤面前，说："武大郎，来两个烧饼。"

马三斤听后有点不快，但他又不好发火。

陈诗人发出了阵阵笑声，他随后摘下墨镜，说："老马，不认识了？"

马三斤把脸凑到陈诗人面前，上下打量了半天，惊讶地叫出了一声："陈山河！"

他的这声喊叫吸引来了集市上的其他人，他们把陈诗人围在中间。

马三斤发出的这声惊叫饱含了多种复杂情绪，其实陈诗人回不回来，活不活着都和他没一点关系，有关系的是陈诗人的媳妇王芬芳和老齐好上了，老齐是他的朋友，如果陈诗人找老齐报仇，是不是也会株连他？

老夏说："还以为你小子死了呢！"

陈诗人说："准确地说是死了。"

老夏蒙了，问："啥意思？"

陈诗人说："以前的陈诗人死了，在那个曾经被夕阳染红的傍晚。"

马三斤说："你越说，我越听糊涂了。"

老夏说："你说话还是文绉绉的，不会好好说话。"

陈诗人说："现在我叫拉宾德拉纳特·陈戈尔。"

陈诗人的语速很快，老夏听得拗口，他翻译道："拉什么特，陈什么尔？什么鸟语？"

马三斤说："陈戈尔。"

"对。"陈诗人肯定地说，"你们只要记住我叫陈戈尔这三个字就行，前面的不用记。"

马三斤问："你啥时候改的名？"

陈诗人说："你们知道泰戈尔吗？你们肯定没有读过他写的诗。他是印度人。"

老夏说："他整天卖烧饼，我整天卖豆腐脑，我们没见到过外国人。"

马三斤说："陈诗人，你变了，你还是中国人吗？"

陈诗人说："以后看见我请叫我陈戈尔，我是中国版的泰戈尔。"

马三斤说："我实在不知道哪个戈尔，我只想知道你这几年都去了哪？怎么活的？"

陈诗人说："我现在是东姜市的一个诗刊主编，我们的诗刊的名称和你们有关，我这次回来就是打算写写你们的疾苦生活，为你们呐喊。"

马三斤说："我们能有什么可写的？我们都没上过学。我们都是大字不识的粗人。"

陈诗人说：“你们身上有太多闪闪发光的东西，你们自己没发现，我看见了。”

马三斤怔怔地望着陈诗人，问：“看见啥了？”

陈诗人道：“你们手上的老茧。你看你们的手掌生出了多少茧子，有些被磨得发白泛黄，有些被磨得像坚硬的砂纸，这些老茧都是岁月留下的印记，见证了生活的艰辛。”

陈诗人的一番话说得围观的人阵阵叫好。

马三斤羡慕道：“你的图画诗刊叫什么名字，我要买给我儿子看。”

陈诗人说：“《钟楼》，不过小镇上没有的卖。”

老夏说：“你现在就开始写吧。”

陈诗人说：“别着急，等我先办完一件重要的事。”

陈诗人说完就往四季饭店的方向走去。

陈诗人走向四季饭店的路上，后面跟了一群人，这群人里有集市上的人，也有看热闹的人，他们浩浩荡荡地穿过了一条笔直的街，在四季饭店的门口停下。

老范远远地看见陈诗人，便打着招呼跑了过来，他上来一拳打在陈诗人身上，有点激动地道：“陈山河，你没死啊！”

陈诗人说：“请叫我陈戈尔。”

老范说：“什么戈尔？”

马三斤在一旁道：“听说是国外的一个人名。”

老范说：“陈诗人，不，我应该叫陈戈尔先生，陈戈尔老板，你现在的模样可真像个大老板。”

陈诗人整理了下领带说：“还是叫我陈戈尔先生。”

老范搬了把椅子给陈诗人，说："陈戈尔先生，我能为你做点什么？"

陈诗人说："带齐二狗上来。"

老范去库房找了一圈没见着齐二狗，他对陈诗人说："那浑蛋没在这。"

陈诗人站了起来，他目光坚毅地望着前方，大手一挥指明前进的方向，道："走，去齐二狗家，去会会他。"

那群人又跟在了陈诗人的身后。

他们穿过第一条街，遇到熟悉的人说："陈诗人回来了，现在要去找齐二狗。"

他们穿过第二条街，遇见熟悉的人说："齐二狗和陈诗人媳妇王芬芳偷偷摸摸的事都被陈诗人知道了。"

他们穿过第三条街，遇见熟悉的人说："齐二狗睡了王芬芳，陈诗人回来找他算账了。"

声讨齐二狗的人群浩浩荡荡地穿过了三条街，在第三条街的第一个巷口停住了脚步。

陈诗人大步流星地走上前敲响了门。

齐二狗穿着一条灰蓝色的大短裤，揉着惺忪的睡眼出现在陈诗人面前。他敞开的胸怀露出了一撮黑色且浓密的胸毛。

陈诗人看见那条灰蓝色的大短裤顿时气愤万分，那条短裤正是当年王芬芳买给他的。

齐二狗万分惊恐地说："你咋回来了？"

陈诗人说："我不在家这几年，你和那个臭婆娘睡了好多次吧？"

老范在一旁悄声说："说话文雅一点，这么多人看着呢！影响了你陈戈尔的形象。”

陈诗人又清了清喉咙说：“说吧，你们这两个同志什么时候勾搭上的？是不是我还在家的时候就已经勾搭上了？”

齐二狗连忙摆手，道：“不可能，不可能。当时大家都以为你回不来了，王芬芳经常找我诉苦，我见她比较可怜，一来二去……”

陈诗人说：“一来二去，你们就好上了？一来二去，你就把人睡了？还穿着我穿过的短裤？

“她每天早上要吃掉一个烧饼，一碗豆腐脑，还有两根油条。下午的时候，她还要去理发店让别人给她做下头发，然后去逛人民商场，晚上的时候，她的桌上摆放着软糖、瓜子和花生，她过的每一天都像在过年。你说，她可怜吗？她可怜个屁，她会享福得很！”

陈诗人又问：“你是不是也睡了我家的那张红木床？”

齐二狗没有出声。

陈诗人说：“他妈的，我就知道你们在我买的那张红木床上行苟且之事了。

“我要带你去和那个臭婆娘，不，王芬芳同志当面对质，你敢吗？”

齐二狗憋了半天，说：“去。”

陈诗人又大手一挥，往外一指，道：“走，去找王芬芳同志。”

一群人又迈着欢快的步伐走向了王芬芳家。

王芬芳也听说了陈诗人回来了，并且在外面混得不错。经过这几年，她内心早已平静得没有波澜，现在生活掀起的任何巨浪都影响不到她内心的静如止水。

当陈诗人出现在王芬芳面前的时候，她并没有表现得多么惊讶，而是淡淡地说：“你还活着。”

陈诗人说："出乎意料吧？我不仅活着，还活出个样来了。"

王芬芳冷冷地说："在我心里，你早就死了，锉骨扬灰了。"

陈诗人说："是啊，我也想早死了，化成灰烬。这样，你就可以和齐二狗光明正大地在一起了。但是我化成灰烬也要在风起的时候飘落在你们头上和身上。"

王芬芳说："和谁在一起是我的权利，我们之间，现在、将来不再有任何关系。"

陈诗人嘴里啧啧地道："大家快来看看，这是怎样一个蛇蝎心肠的女人，这个女人竟然给我戴了顶绿帽子，还振振有词，这个女人就叫王芬芳。"

陈诗人继续说："恐怕我们小镇再也找不到一个能看上这种女人的男人，但还真有这么一个男人，这个男人竟然是齐二狗。

"我挤破膀胱，怎么也猜不着齐二狗是睡我的床给我戴绿帽子的人。

"打击！无情的打击！一击毙命的打击！"

王芬芳说："我已经申请离婚了，你还在这胡说什么？"

陈诗人怒意未消道："你还和三年前一样蛮不讲理。算了，我不和你计较。"

他扭过头望向齐二狗："看看，今天这个女人能这样对我，明天也能这样对你。

"你等着她送你一顶绿帽子吧。

"也许还有第二顶，第三顶……"

陈诗人说完便带众人离去，只有齐二狗沮丧地站在原地。今天对他来说，是大辱，是奇耻大辱，是被钉在耻辱柱的一天。

第五章

这时候时间已近年底，马三斤已经把借老齐的钱还给了他。

马三斤的儿子马公民看着他父亲从隔壁邻居家借来长长的竹梯子，他父亲把梯子架在房间外面的砖墙上对他说："一会儿你在下面帮我扶住梯子，递东西给我，其他你什么也不用做，你就是把梯子扶稳，你听见了吗？"

马公民倚靠在梯子上，用小手丈量着梯子每根竹台阶之间的高度，他量完第二个台阶就量不上去了，他又准备抬起脚看能不能站上第一个台阶。

马三斤转过身看见了，在屋顶上面生气地叫："你在干什么？扶好你的梯子别乱动。"

马公民挠了挠头，看着院子一角摞起的新瓦片仰脸问道："爹，咱们家哪生出来这么多新瓦？昨天我怎么没看到。"

马三斤在上面说："早上天刚大亮，我去砖瓦厂上弄的，我出门的时候，你还在梦里呢。”

马公民听见砖瓦厂饶有兴趣，那地方有很多烧砖头的窑洞，像迷宫一样，砖头被推进窑洞烧制时，就和土一样软。

他问：“咱家要这么多瓦片做什么？”

马三斤一边拆下旧瓦，一边说：“这下雨的时候，你没看见房间里漏雨，没看见床上面有个油布在接漏的雨吗？”

马公民说：“哦，我以为是挡蚊子用的。”

马三斤说：“你上学学的个屁。”

说完，蹲了半天的他艰难地抬起身锤着后背。

马公民说：“爹，你累了吗？我上去帮你吧。”

马三斤又俯下身说：“不用啦，你还小，你现在帮不到我。”

马公民问：“我什么时候能帮到你？”

马三斤说：“等你长大些，再长高些，你现在要开始多吃饭，多喝水。

“算啦，等我老得不能动的时候，你帮我吧。”

马公民问：“到那时候，我能帮你做什么？”

马三斤说：“你帮我接尿壶，端屎盆子。”

马公民捏住鼻子说：“啊，那不臭死了。”

马三斤开始补上新瓦，说：“你小时候，爸爸还用手给你接过屎。”

马公民在马三斤弯腰说话的时候又准备爬上竹梯。

马三斤转过身又叫道：“我不是让你扶住梯子不动吗？你怎么又在乱动？你再乱动，我一会儿下去就要把你屁股打到开花。”

他随后看了眼瓦片说：“你把地上的瓦片递给我。”

看见马公民艰难地捧起一摞瓦片，走路都有点踉跄，马三斤又叫道：“算啦，你别动，你扶住梯子，我下来。”

马公民跟在马三斤的后面像只欢乐的麻雀，他对马三斤说：“爹，最近二狗叔叔怎么没来，你不和他做朋友了吗？”

马三斤看了一眼他的儿子，道：“他不好意思来了，我已经把欠他的钱还给他了，他在我们家生活了这么长时间，吃的、喝的、用的都是咱家的，他的恩情该还掉了。

“你娘给他洗了三年的裤衩，他再来，你娘就该疯了。”

马公民说：“我喜欢那个齐二狗。”

马三斤转过身看着他的儿子，鼻涕糊了一脸，滚圆的脑袋像个皮球，嘴里的大门牙遗传了他的基因，他说道：“你不能叫人名字，他也是你的长辈。”

马公民对捧着瓦片上楼的马三斤说：“我要去尿尿。”

马三斤说：“你等会儿去。”

马公民说：“不行，我快熬不住了，就要尿裤子里啦。”

马三斤挥挥手道：“你去吧。”

他随后又说：“不要跑去茅厕尿了，就在院子里尿吧，对着地上那个下水道的洞尿。”

马公民站在院子的角落里，艰难地把裤子褪到裤脚，撅起了两片小小的屁股，随着身体的一阵颤动，他的尿腾着热气，准确滋进了裂开的墙缝里，墙缝被他的尿冲刷以后显出一片光泽。

马三斤一只手抓住梯子往上走，一只手捧着瓦片，瓦片挡住了他的视线，他的脚在上到第三个台阶的时候踩空了，从梯子上摔了下来。

马公民听见瓦片破碎的声音和梯子倒下的声音，刚尿出的尿被突然掐断了。他一边拎着裤子一边跑到马三斤身边察看情况，他跑到马三斤身边的时候，脚踩在了自己的裤腿上，身体也随之跌倒了，呜呜地哭起来。李玉芳从屋里出来发现他儿子趴在地上，马三斤也躺在了地上，马三斤脸上的肉挤在了一起，发出疼痛的叫声。

他媳妇恼火地道："大的小的都不省心。"

马三斤躺在床上，李玉芳叫他去卫生室看一下，他说躺几天就好了，这么多年，不管大病小病，只要是身体还能动换，嘴巴还能吃东西，腿脚还能走路，他躺几天就能恢复过来，实在不行就多躺几天，什么药对他来说都比不过多躺几天。

到了中午，马公民跑进房间问他："你为什么一直躺在床上？"

他换了一侧躺着说："累了，要休息下。"

到了下午，马公民又跑进来问："太阳都快下山了，你为什么还躺在床上？"

马三斤说："累了，要休息下。"

马公民跳上床，边脱鞋边说："我也累了，我也要休息一下。"

傍晚的时候，马三斤听见房间门外传来了脚步声，听这拖沓的声音不像是年轻人的步子，像是一个有些年岁的人，正当他疑惑的时候，老姜走了进来。

马三斤微微欠起身，看见消瘦驼背的眼前人，正是卖冰棍的老姜，心中不由得一暖，赶紧让他坐在床沿，招呼李玉芳给老姜煎两个鸡蛋。

老姜客气地推辞了一番，说来前已经在家里吃过了饭。李玉芳见老姜空着手过来，也就没继续客套。

随后，老姜问起马三斤从梯子上摔落的事情。

马三斤说：“没大碍，躺几天就能好。”

老姜说：“这几天闻不到你烧饼的味道，总觉得身边像少了啥似的。

“后来一想，不是少了烧饼，而是少了个朋友。

“我是真心把你当朋友才这么说的。

“本来卖鸡的老邓也想来看你的，但是他没来，他让我也代表下。

“别看平时那些面上和你好的人，他们挑过脸背后尽说你的坏话。”

马三斤说：“我明白了。”

老姜问：“你明白个啥？”

马三斤说：“算了，不说道了。”

老姜说：“你这个人哪都好，就是说话只说一半，就像上吊的人半吊着，活不得活，死不得死，多难受。”

老姜见马三斤不说话了，又说：“你真像把软刀子，堵死人，就当我啥话都没说。”

第六章

马公民长到十六岁的时候，身体发育得很好，已渐渐凸显出男人的模样来。

马三斤说：“我十六岁的时候已经开始在生产队挣工分了。

“十六岁的时候，已经有媒人给你爹介绍对象了。

“你爹挑肥拣瘦，最后挑了你妈。

“其实那时候，已经有个姑娘在悄悄暗恋你爹了。那时候，她是队长的女儿，那时候，她经常偷偷地在你爹的饭盒的饭下面藏着肉。

“那时候，我年轻，一毛头小子，啥都不懂，啥都不知道，也没人点拨我，以为队长嫌我干活慢哩，让我吃饱了有劲干活。当我懂的时候，那个姑娘也嫁了人。”

李玉芳说：“你现在还去找人家那姑娘，我绝不拦你。”

马三斤说：“找啥找，这都几十年了，现在也快成一小老太太了。”

李玉芳说：“不是我爹当时私自作主，我也不会嫁给你，要啥啥没有。”

马三斤说：“这么多年都过了，现在还说这个有啥用。”

李玉芳说：“不是你一直在这说生产队的姑娘？我告诉你，当年，喜欢我的小伙子也不少。”

马三斤笑着调侃道：“我知道，有杀鸡的老邓，还有卖冰棍的老姜都是你同学。

“老邓也喜欢过你吧？齐二狗说老邓现在越活越不讲究，走哪身上都有一股鸡屎味。”

“你就知道老邓！”李玉芳说，“碗儿匠老王他儿子，人家后来去城里当了老师，听说现在都做了教授。当年，人家每天上学送我个鸡蛋，还一个劲地夸我字写得好。”

马三斤说：“碗儿匠他儿子眼睛不好，小时候被人家用弹弓打伤过。他爹眼睛也不好，可能是遗传，他爹补了半天的锅拿回家烧水烧到一半，水烧没了，锅也废了。”

李玉芳说：“当年要不是我爹拦着，我现在也是个教授夫人。”

马三斤说：“拉倒吧！你爹不傻，他是看得远，他是不想将来生个独眼龙娃娃。”

李玉芳说：“我不想和你说，你说着说着就开始胡说八道。”

马公民在一旁道：“你们少说两句吧。”

马三斤又把话题重新扯回马公民身上，说：“你已经十六岁了，你也长了张吃饭的嘴，该帮家里分担些事情了。”

天边还没擦亮，马三斤便在院里叫：“公民，快起床帮我和面。”

他又喊："公民，快起床帮我生火。"

听不见回声他继续叫："公民，快起床把葱剁碎了。"

马公民揉着惺忪的睡眼，迈着踉跄的步伐，走出房间道："爹，我就长了两只手。"

他爹说："生火。"

马公民生了半天的火，刚起的烟又灭了，头上的汗珠直往下掉，随后一阵咳嗽。

他爹犯愁地道："你还是去剁葱吧。"

马公民跑到桌前，一会儿传来一阵阵"咔嚓"拦腰斩断的声音。

他爹叫："不是切，是剁。"

他爹说："要你有什么用！"

马三斤发现他的儿子心思一点也不在卖烧饼上，他还像个孩子一样每天总喜欢捉弄巷子里流窜的野狗和野猫。

白天，他跟杀鸡的老邓扯闲话时，顺嘴说起了儿子工作的事情。

老邓掸了掸身上的鸡毛，隔着飞舞的鸡毛，道："我这人不太爱多管闲事，但是你的事，我管。我认识个人，可以帮你说说看。"

"谁？"

"清管所的刘所长。"

老邓带马三斤穿过几条歪歪扭扭的巷子，在一条小河边的第三户人家停了下来，扯了扯身上的衣服，又抓起衣角仔细闻了一遍。他问："有味吗？"

马三斤凑到老邓的跟前，低下头闻了闻，随后点了点头。

"味大吗？"老邓问。

马三斤说："你自己不知道？"

老邓说："天天跟鸡打交道，我闻不出来。"

马三斤说："有点味，不重。"

老邓说："有味可不行，刘所长讲究。"

他转过身快步走到小河边，趴下身子，用手拨开河面上的浮萍，手心挽起了一点水泼洒在衣服上，一顿揉搓，又使劲闻了闻，说："还有吗？"

马三斤又凑到跟前，闻见了一阵水草的味道，说："好了。"

老邓说："你不知道，刘所长现在不爱吃鸡，闻到鸡的一点味道就作呕。"

马三斤暗暗感叹老邓的心细。

他问："刘所长不吃鸡，吃什么？"

老邓说："除了鸡，他胃里啥都装，特别是野生的，他最喜欢野生甲鱼。"

马三斤说："刘所长的胃真野。"

老邓说："谁不喜欢吃野味？野味不好弄。"

马三斤问："刘所长，这人野吗？"

老邓笑了："你马上就见着了。"

谈话间，他们敲响了刘所长家的大门。

开门的刘所长看见老邓，一脸惊喜地说："哎呀，老邓！稀客稀客。"

他又看见站在老邓身后的马三斤说："哎呀！哎呀！俩稀客。"

老邓四处张望，道："之前捎的甲鱼还养着吗？"

刘所长说："养啥养，再养下去该成精了。"

老邓说："那个甲鱼有灵性，咬人，吃了大补。"

刘所长说："你就是太客气，你来一定有事，你说吧，能帮得上的，我一定拉一把。"

老邓对刘所长说："我俩是好朋友，他媳妇和我又是同学。他儿子找工作找到我，我也不认识谁，我就想到你刘所长，你是我认识的人当中最大的干部。"

一顿吹捧，听得刘所长心花怒放。

老邓问："刘所长，你之前说的镇兽医站现在还缺人吗？"

刘所长一拍大腿："哎呀！这么长时间了，我要去帮你打听下。"

见刘所长没有推托，马三斤感激满怀地双手紧紧握住刘所长的一只手，连连说："刘所长，好所长，一定帮忙打听下！"

出门回去的路上，马三斤说："刘所长真是个朋友人，热心肠的人，一点也不野，他一点干部的架子都没有。"

他又问老邓："你送野味给他办啥事了？"

老邓一脸云淡风轻地道："啥也不办，就为了交个有分量的朋友。"

马三斤羡慕地说："听刚才刘所长说话的口气，你这个朋友是交上了。"

第七章

天色开始暗沉，清凉的微风吹过马公民的脸颊，他看着地上的两个人影在一高一低地向前蹿动着，他爹马三斤时不时地把左肩头的蛇皮袋换到右肩头，换肩的时候，他听见了蛇皮袋子里水浪轻轻翻滚的声音盖过了他爹从胸腔里发出的阵阵喘息声。他又抬头看看夜晚的星空，夜渐渐漆黑，变得像个巨大的罩子，把他们二人罩在里面，朦胧的月光躲在黑夜的背后忽隐忽现，好像在配合着他们深浅的脚步，拉长了他们的背影。

马公民看见他爹今天早早收摊回家，下午出去了半天方才回来，回来的时候一手拎着一个带盖的红桶，一手拎着两瓶酒。此刻，那只红桶里装了小半桶水被用蛇皮袋包了起来，他不知道里面装了啥，两瓶酒正被他拎在手上。

马公民看着手里的两瓶酒又看着马三斤肩上的袋子说："我们带了酒，又买了东西，我们是去刘所长家吃饭吗？"

他爹马三斤头也不回地说："吃啥饭，我们今晚去刘所长家，是求人家帮你找个好工作，是去求人家办事，手不能空着。"

马公民问："怎么没把老邓叫着？"

马三斤说："不能再麻烦老邓了，再麻烦老邓就要欠人情了。"

马公民说："已经欠了。"

马三斤说："你懂个屁。"

来到小河边，马三斤放下蛇皮袋，从怀里掏出毛巾，也像老邓上次一样蹑手蹑脚地走到河边，拨散河面上的浮萍后，把毛巾垂在了河水里，又抽上来，拧干，在脸上和身上擦来擦去。

马公民疑惑地问："爹，你这是在干啥？"

马三斤说："刘所长讲究，刚才一路出了点汗，擦擦。"

刘所长此刻正躺在院子的藤椅上摇着蒲扇，脚边的收音机飘出阵阵黄梅戏曲的声音，整个庭院充盈着书香人文的气息。听见有人敲门，他扯着嗓子朝门外喊了一句："门没关，进来吧。"

马三斤带着马公民径直走进院里，目光环视了一圈院里栽种的绿植，最后落在藤椅上刘所长的脑门上。接着，他把肩上的蛇皮袋卸到地上，小心翼翼地从里面捧出一个圆桶来。

刘所长似知道马三斤要来，也没表现出过多的惊讶，他站起来，用蒲扇指着圆桶，明知故问道："这是什么？"

马三斤轻轻地揭开盖子，只见圆桶内装着小半桶水，水里趴着两只三斤多的王八。两只王八被挤在狭小的桶里，形体健壮，壳发蜡黄色，四肢凶猛，爬来爬去，鳖头左右摇摆不停。

刘所长说："这是干什么？"

马三斤说："这是野生王八，不，是野生甲鱼。"

马三斤说："这两只都是正宗的野生甲鱼，是我下午在河塘里捞的，你看他背壳发黄，爪子发黑，凶得狠。"

刘所长放下蒲扇，戴起了老花眼镜，抓起王八翻个过儿一番察看，嘴里不停念叨："嗯，这甲鱼好，这甲鱼好。"

马公民在一旁打量起刘所长来。

刘所长的个头并不高，像被压缩机压过一样，肉都聚集在了肚子上，头上的发丝屈指可数，脑门发亮，走起路来双手总喜欢背在屁股后面，似乎刘所长的手是从屁股后面长出来的，他的手不背在屁股后面的时候，就会捧着一只茶杯。

马公民越看刘所长越熟悉，他猛然想起，在澡堂里，刘所长曾用手捏过他的小鸟，他的小鸟因此通红了两天。似乎每次洗澡碰见马公民，刘所长都会坏笑着对他说："来，把你的小鸟送过来给我捏下。"

刘所长那时候不仅捏他的小鸟，也捏别的小孩的小鸟，多少个孩子的小鸟被他捏过之后，疼得发出哇哇的哭声。很多镇上的孩子都在背后管这个人叫"小鸟杀手刘魔王"。

直到马公民长到十六岁了，在澡堂里再碰见小鸟杀手，刘所长不再要求捏他的小鸟了。他会跟那些叫出他名字的孩子挨个点个头，礼貌地说道："接班人好。"

想到这里，马公民不由得双腿一紧。

刘所长满意地从屋里搬出一张长凳，打量着马公民道："坐坐坐，你这娃娃我有印象。"

马公民在心里暗自诧异道："这么多年过去了，这个小鸟杀手怎么还记得我？"

马三斤说："我寻思把孩子带来先给您看看。"

"嗯，不错。"刘所长说，"你来得赶巧，我今天去兽医站打听了下，确实还缺个人。"

马三斤一听赶紧站起身，着急地说："拜托刘所长帮帮说说。"

刘所长一脸正色地道："帮忙没问题。咱们乡镇兽医站的曹站长和我是老朋友，一句话的事。

"但是……"

"你刚去学徒，要勤快些，要有点眼力见，要不耻下问，别怕吃苦。

"要经常跟着老师傅下乡，跑来跑去。跑来跑去就是在学技术，练本领。学技术，练本领就要吃苦，这个苦你能不能熬得了？"

马三斤面向马公民说："这算啥苦？他要嫌苦，就跟我回家卖烧饼，或者去乡下挑大粪，早起三更，晚睡夜半。"

马公民刚开始对小鸟杀手的话一点也没有兴趣，当他知道是去给动物治病时，他又感觉到了无比憧憬。

刘所长见关于兽医站的事情也差不多说完了，一番推辞后便客气地说："看在老邓的情面上，我就多了个事。换作别人，我还不一定多这事。现在的人都怕多事，有时候好心办了坏事。"

马三斤连忙道："刘所长的恩情一定记着，日后一定报答。"

马三斤此刻脸上巴结的神态就剩给刘所长磕头作揖了。

往回走的路上，马公民一直在追着马三斤问："那两只王八和两瓶酒换个兽医到底值不值？"

马三斤说："兽医站的工作你都不想干，你还想去哪？那可是个好单位，多少人挤破脑袋踏破门槛都想进去的地方。"

几天后，马公民成了兽医站的一名兽医。与其说是兽医，不如说是在里面帮兽医打杂的。

马公民环视着简陋的兽医站，三间普通的瓦房，他走进中间的屋子，墙上悬挂着一张工作报表，一张空着的桌子上摆放着一个防疫箱，屋子外面是一个空旷的院子，角落里长满了杂草，堆放着一些木板。

一个看着比他爹还大十岁的男人缓缓踱着步子走了过来，用手敲了敲桌子，示意他站到他身边。

他对马公民说，他姓钱，是这里的兽医，以后就跟着他下乡。

老钱说："你是曹站长介绍来的？"

马公民点点头。

老钱说："你们家跟曹站长通着什么关系？直亲还是表亲？"

马公民摇摇头。

老钱说："我去曹站长家吃过很多次饭，怎么对你一点印象都没有？"

马公民嘿嘿地傻笑。

老钱说："严肃点，别傻笑了！知道兽医是干什么的吗？"

马公民说："不就是给动物看病。"

老钱摇摇头说："肤浅，兽医是为农民服务的。"

老钱说："兽医是一项很有乐趣的工作。平时不出诊的时候我们就在这院子里坐诊，和医院一样，有农民朋友的动物生病了，他们会带过来看诊；出诊的时候，我们就要背着这个桌子上的箱子，跑到田间地头上去。"

马公民"哦"了一声，算是回应了老钱的话。

老钱说："不管你和曹站长有没有关系。进了这个站，现在我带着你，你就是我的兵，就归我管。曹站长让我该打就打，该骂就骂。"

马公民低着头不敢直视老钱的眼睛。

老钱说："以后，我一抬手，你就要知道做什么，我一跺脚，你也要明白我想干什么。做不到这两样，你别跟着我，说明你没有眼力见。

"我一抬手，就是水杯里的水没了，你要往杯子里加水了，我一跺脚，就是要挎上防疫箱准备出门了。"

老钱问："你记住了吗？"

随后他一抬手要掏兜里的烟，马公民赶紧拿起桌上的火柴划出了一道火苗出来。

老钱满意地说："我就是想测试你会不会变通。看来，你不是个二愣子。"

马公民好奇地问："既然是兽医，是不是能给所有动物看病？"

老钱闭着眼说："这话就像三岁的孩子说的。"

马公民问："那我们主要给哪些动物看病？"

老钱说："牛、马、猪、羊，基本就这些。"

马公民说："这些动物我都不喜欢。"

老钱听了没有生气，反而觉得马公民说的话有点滑稽，他依然闭着眼微笑着说："我像你这么大的时候也这么想，等你将来干到我这个岁数，你就会喜欢上兽医了。

"站里没被褥，你回去带些被褥来，后面我们下乡的话要睡在站里。"

兽医站的工作异常枯燥，像在考验马公民的耐力，老钱扔给马公民几本书，让他先看书学习理论知识，但是他一行字也没看进脑子里。

没过多久，一天上午，一个满脸沧桑的老汉急匆匆地冲进院中，对老钱说：“钱先生，你快去我家看看吧，我家的牛这会突然发疯了，在伤人哩！”

来不及多问，老钱立马让马公民挎上箱子，火急火燎地往乡下老人的住处赶去。

他们赶到乡下的时候，那头疯牛已经顶伤了一个路过的人，幸好那人闪躲得快，只是小腿的表皮破了些，流出了点血。

老汉见此情此景，顿时吓得老泪纵横，用袖口抹着眼角自言自语地哆嗦道：“这下出大事了！”

他对老牛远远地呼唤：“乖牛儿，你别再疯了，你快好起来吧！好起来了，我们就能一起耕田，一起生活啦，乖牛儿……”

当马公民他们赶到的时候，镇上派出所的人也开着车到了，是被顶伤的人报的案。

围观的村民说，老汉的这头牛像是犯了疯牛病，这病没法治，治了除不了根，以后还会再犯，再犯伤到人事可不小。

派出所的民警走到老汉身边说：“现在我们正式通知你，我们要击毙这头牛，如果不采取这种果断坚决的方式，今天还会伤到更多的人，安全隐患太大。”

老汉用乞求的目光说：“好同志，能不能再想想法子，不打死它行吗？它帮我耕了很多田，它就像我的亲人一样啊，我怎么能看着我的亲人在我眼前被打死呢？万万不能啊！”

警察没有理会老汉的话，他继续疏散围观的人群。

这时，站在老汉身后的兽医老钱像一个救世主般走了出来，他径直走到警察面前，身上的白大褂说明了自己的身份，他跟警察说给他一次机会尝试下，他是专业的兽医，尝试失败再击毙也不迟。

老钱把马公民叫了过来，让他跟着老汉去家里找了根瓶口粗的麻绳，和乡里七八个壮劳力一起把牛赶到了村庄路边的木桩旁，趁牛不注意把牛捆绑在了上面。

牛在众人的蛮力下挣扎了一会儿便不再动换了，它以为自己将死，鼻腔里传出低沉绝望的哀嚎，直渗进人的心坎里。

老钱边观察牛的肚子边问老汉这几天牛的相关情况。

老汉说："这头牛前天还在地里很听话地耕作，到了第二天早上就突然发病了，也不知道到底咋啦。"

老钱又低下头耐心地在牛身上检查了一番，又跑到老汉的院子和牛经过的地方查勘了一番，迅速得出了诊断结论。

他站起身对老汉和周围的人群说："大家听我说，我刚才仔细检查了下，这头牛没有疯牛病，它是误食了毒草。刚刚是毒性发作，一发作就会狂躁不安，就是你们所说的疯牛病，其实是毒草的毒性在牛身体里发挥着作用哩。"

围观的人群顿时发出"啧啧"的赞叹声，他们被老钱的一番有理有据的话征服了，在投给老钱赞赏目光的同时，也把同样的目光投给了马公民。

马公民顿时在人群中感到一种被尊重和推崇的感觉，他丝毫不知道老钱说的那些专业话术是什么意思，他只是喜欢看这样热闹的场面。

老汉紧张地问老钱："钱先生，我这牛还能救活吗？"

老钱让马公民把药箱子搬过来，拿出针管注射器，头也不抬地说："遇上我，它死不了啦。"

给牛注射完毕后，老钱又给老汉开了喂食的方子，说："你一把年纪别哭伤了身子，这下你的牛又能帮你下地干活了。"

老汉感激涕零，他双膝就要朝老钱跪下，被老钱一把扶起，老汉说："钱先生，你不知道哇，这牛和我时间长了就像家里人一样，它生病了，我也难受；我生病了，它也懂哩。我们就是一条心，我怎么能忍心看着让它去死呢。去年有户人家出了个大价钱，我想都没想，一口就回绝了。那人说我傻，其实我心里比谁都明白。"

马公民好奇地问："不就是一头牛吗，它还能听得懂人话？"

老汉说："别看它是个畜生，但你说什么话，它都仔细听在心里呢，我要是说它不好，它怎么会卖力帮我干活哩。"

此时已临近中午，围观的人群也逐渐散开，警车也开了回去。老汉拉着兽医老钱的手，让他和马公民去他家吃饭，他要好好招待下他们。但老钱婉言谢绝了。

走回兽医站的路上，马公民问老钱："刚才我听见你的肚子已经咕咕叫了几回声了，为什么我们不在老汉家吃完饭再上路？"

老钱说："你进老汉家的屋子看了吗？"

马公民说："没有。"

老钱："老汉家穷得就剩下头牛，他拿什么招待我们？"

马公民问："那牛真的能听得懂人话吗？"

老钱看着脚下泥泞的路，若有所思地说："也许吧。"

他们一老一少并排走在乡间的小路上，赶羊的人带着羊群从他们身边经过。小路两边铺满了绿色的田地，田地间穿插着一道道沟渠，沟渠里长满了杂草，在沟渠的两侧偶尔又升起一顶顶错落有致的塑料棚帐将田地分隔开。放眼眺望，似乎远处田地延伸的尽头和天空交融在了一起。

老钱和马公民不再说话，因为他们的肚子里从早上到现在还没有填上食物，没有食物身体就没有力气，一说话就要耗费几分力气。他们感觉路越走越长，比来时的路走得还要长。也许来时是说着话走来的，所以不觉时间长。

在他们走过一大半路的时候，又在路边看见了一头待宰的牛。

一头长得和刚才同样的牛四肢被绑着，倒在室外的案板上，牛已经放弃了挣扎，它的头深深地低垂着，眼角溢出了泪水。

一个膀大腰圆的男人正在一口废弃的水缸旁磨着锋利的尖刀。

牛看见兽医老钱身上的白大褂似乎瞬间通了灵性，顿时仰起头又挣扎了起来。

老钱说："怪了，越急越有事。"

马公民问："我们去吗？"

"去。"老钱说话间突然一大步跨过田埂，来到院里问磨刀的人，"你是要准备杀这头牛吗？"

磨刀的男人看着手里越来越亮的刀说："废话，这头牛病了，卖也没有人收，只能赶紧宰了。"

老钱上前来回摸了摸牛的肚子，说："应该没有大问题，兴许能医。"

男人立即放下手里的刀，看着一身白大褂的老钱态度诚恳地问道："你是先生？"

“是的。”老钱说，“我刚在前村看完一头牛过来。”

男人一听老钱是兽医，兴奋极了，眉飞色舞道：“你说不是大病就不是大病，他娘的我都快急死了，那你快帮我看看？”

老钱又摸了摸牛肚，抬起头问：“你的牛是不是偷吃了田里的稻子？”

“没有，没有……”男人满脸疑惑，仔细回想，突然恍悟惊叫道，“哦，有有有！昨个晚上，牛挣脱了绳子跑了出去，八成是去吃了稻子，我还在纳闷这肚子今天为啥这么鼓呢！”

事实果然如老钱所料。

他这会儿像个刑警一样，先分析事件的起因经过，又推理出事件的结果。老钱先把牛麻醉，然后打开了牛的肚子，他又让男人从屋里拿来两个挑菜的大箩筐，抽去扁担，他从牛的肚子里掏出了满满两大箩筐的稻子，惊呆了男人和一旁的马公民。

男人用两只手吃力地拎起了两个箩筐，兴奋地道：“他娘的还真沉，有好几十斤呢！”

老钱给牛的刀口进行了简单的处理，重新缝合上。他抬起身捶着自己发麻的后背说：“这下好了，你的牛不用被宰了，还能活。”

男人对老钱说了一堆感谢的话，老钱早已习以为常，当他看见那些朴实无华的脸庞上洋溢出灿烂的笑容时，他感觉自己不是救了牛，而是救了他们，救了他们的生活。

马公民和老钱又重新并排走在路上，远处小镇上房屋楼群的剪影已经逐渐清晰地浮现在眼前，越来越近，马公民在心里数了数，对老钱说：“ 今天咱们一共救了两头牛。”

回到兽医站，马公民看见老钱没有先吃饭，而是从怀里掏出了一个老旧的记事本。他缓慢地翻开暗红色的记事本，翻到空白的一页后拿出笔。

马公民问：“你拿出本子和笔是准备开始写东西吗？”

老钱说：“别小看这个小本，它记录了我所有的出诊记录，我看过的牛在这个本子上面都有详细的记录，什么时间看的，在什么地方看的，给哪家哪户看的。这可是我的心血，我的命。”

马公民羡慕地说：“那你的本上应该记了很多牛。”

老钱说：“我也记不清了。”

马公民说：“老钱，你真厉害！你是我见过最厉害的人。”

老钱看着桌上的空茶杯，抬了抬手。

马公民立即大声道：“茶来了！”

第八章

马三斤最近两眼经常发花，大脑时常忘事，他前脚拿了钥匙出门，后脚半道上又折回来找钥匙。他早上提着装满屎尿的痰盂，走到茅厕的门外，脚突然一崴，整个人仰面摔倒在地上，屎尿溅了一地，也洒在了他的身上。

李玉芳把他外套扒了，就剩个裤衩，又请门口邻居把他抬回了家。

镇上的人在兽医站里看见马公民，对他说道："你爹摔倒了，屎尿溅了一身，你快回去看看吧。"

马公民二话没说，告别了老钱，飞奔回了家里。

他爹躺在床上，就像很多年前，他从梯子上摔下来一般，对马公民说："躺几天就好了。"

马公民问："我听说屎尿都溅身上了？"

马三斤气愤地说："谁传的？没影的事。"

马公民没再追问，他看见他的父亲头发渐白，已不像多年前那般精神，说话也不再声如洪钟，处处显着老态。

马三斤说："我的身体好得很，这次是没注意脚下，我身体啥病也没有。"

李玉芳把马公民悄悄地叫到一边，指着头对马公民说："他可能这里坏了。"

马三斤摸了摸枕头下说："我的烟哪去了？我一直藏在这儿的。"

李玉芳说："你从来不抽烟，哪来的烟放枕头底下。"

马三斤说："不可能，我大前天买了很多香烟回来，都放在枕头下面。"

李玉芳说："你好好想想你前天上街买的啥，你买的饼干，没有香烟。"

马三斤生气地说："你就骗我，肯定是把我买的烟都藏起来了。

"你说，你是不是都送给卖鸡的老邓了？"

李玉芳说："你胡说八道什么！你还好意思说老邓，老邓帮了咱家多大的忙，你不感谢别人，还造别人的谣，你现在就是个造谣大王。"

马三斤问："老邓帮咱家啥了？咱家欠他啥了？

"指不定你和老邓合起伙憋着坏呢！"

李玉芳实在听不下去，她走到了一边。

马公民说："我兽医站的工作不就是老邓介绍的吗？"

马三斤大脑又变得正常起来，问道："你在兽医站干得好好的，回来做什么？"

马公民说："我还以为你已经忘了我在兽医站工作了。"

马三斤说："你胡说什么？我清楚得很。

"你赶紧滚回去干好你的工作去。"

马公民又回到了兽医站。他看见院子多了一组宣传栏，里面张贴着几张大红的字报。

老钱告诉马公民，这是上次下乡去看牛时，那两个人送来的，他们的感谢信比真金白银都珍贵。

这两张红色的字报在马公民心里就像两朵鲜红的花朵在绽放一般，他此刻感受到以前从未有过的一种荣誉感，仿佛那两张字报也是写给他的。但他这两年一直是跟着老钱后面下乡出诊，还没有独自出过诊。他多想穿着老钱的白大褂独自出一次诊。

没过多久，一个农民风尘仆仆地来请老钱出诊，说是自己家的牛拉稀，怎么都不见好转，想请老钱去帮忙看看。

但是站上只有马公民在，马公民对来人说："你先坐一会儿，钱先生回家有事去了，他老家今天来客了。"

来人心急如焚道："那咋办，我不能等，我放下了地里的活跑过来的。"

马公民说："我这会儿也不能去把钱先生叫过来，他说过了吃完饭就来。"

来人说："等他吃完饭再去看病，牛得更严重了。"

那人问："你也是兽医吧？你先去帮我看看吧。"

马公民心头一热，顿觉得自己施展的时刻到了，他跟着老钱医过不少牛，牛拉稀不是大病，他知道挂一挂水，打下抗生素就能恢复过来。

马公民操起挂在老钱椅子上的白大褂穿在身上，背起桌上的医疗箱子，一把拉起来人的手，说：“走，救牛要紧。”

来人瞬时转忧为喜，一路上，他向马公民询问了他们看过哪些地方的牛，都是什么病云云。

马公民说：“怎么都是牛的病？就没有猪的病？羊的病？”

来人说：“你可能不清楚，我们这一带现在基本养牛、养鸡，再往东走，那边养羊、养猪的就多了。”

马公民若有所思地点了点头。

到了地方，马公民熟练地卸了工具，像兽医老钱那样，也摸了摸牛的肚子，然后又给牛打了针，挂了水。

给牛挂完水后，马公民站起身说道：“你的牛活了，我得走了。”

那人不敢相信地问：“这，就好了？”

马公民说：“这又不是啥大病，有什么大惊小怪的？”

回去的路上，马公民几乎是飞奔着的，他想赶在老钱到站之前先到，这样就像什么事也没发生一样，而他不知不觉中来了一回英雄救牛。

赶回兽医站，老钱已经站在门外。

他的脸上乌云密布，一场暴怒即将倾泻而下。

马公民抱着箱子的手有几分颤抖。

老钱的嗓门高了起来，他喊道：“什么事不能等我回来再说，什么事不能等我回来再干，你这么年轻非要逞什么能？

“我不管你是谁介绍来的，你也不能坏了学徒的规矩。你现在还没会跑就想飞，你知道天有多高，海有多深吗？能摔死你，能淹死你。”

马公民的脸颊和耳朵变得滚烫。

老钱继续喊：“你以为你穿个白大褂，背个木头箱子，你就是兽医了？”

马公民自然不明白老钱心里的感受，他把动物的生命和人的生命同样看待，他医过的每头牛、每头羊，都是在他的百般检查下才着手医治的。

良久，老钱喊不动了，只剩下大口地喘气。他的气也消了点，抬起手，道：“进屋去。

“这事就算过去了，下次没有我在，绝不能自己一个人下乡去，你还年轻，需要加强锻炼，不然你应付不了复杂局面。”

马公民再三保证道：“绝不会有下次。”

第二天，天刚擦亮，兽医站的门外就有几个人在扯着大嗓门叫门。

他们一脚踹开了院子的门，冲进了院子里说道：“我们的牛被兽医站给医死了。”

马公民从窗户探出头来刚巧被眼尖的人认出，那人义愤填膺地说：“就是这个小年轻，给我家牛打了一下针，又挂了水，牛就死了，还轻飘飘地说是个小病。”

他们高声叫嚷着要马公民赔偿他们的牛，他们的呼叫声引来的人快要站满半个院子，这正是他们想要的效果。

马公民第一次见如此阵仗，顿时胆怯起来。老钱则显得很淡定。

他走到院子里安抚着吵闹的人，耐心地开导说：“你们不要激动，你们不要激动，你们听我说，你们先听我说。人医都时有医疗事故发生，何况兽医呢，具体情况我会再去看看给你们说法的。”

但是挑事的人不听老钱的话，他们说："没什么好看的。就只有一个目的，赔钱，今天不赔，明天也要赔，明天不赔，后天也要赔，就是到了正月初一这钱也一分少不了。"

带头的人威胁道："你们不赔偿，我们就报警。"

老钱一脸淡定地说："那你报吧。"

这一闹，马公民医死牛的事情很快在小镇上传了开来。

在派出所的人陪同下，老钱又去看了那头被马公民医死的牛，他打开了牛的身体，发现死牛的病灶位置主要集中在十二指肠和真胃，发生了十分严重的弥漫性出血，他同时发现马公民确实给牛打了抗生素。

"怎么还会有这么严重的出血呢？"老钱竟一时也有点搞不清楚。

晚上，老钱脸色沉重地对马公民说："兽医站估计你是不能再待下去了，这牛的钱也不要你来赔。"

马公民突然红了眼眶，情绪低落地道："那牛真死了吗？"

老钱点点头："是死了，我还在研究。"

见马公民伤心异常，老钱突然想起年轻的自己。他拍着马公民的肩膀说："你还年轻，你人生的路还长着呢，你哭什么，别人不知道事的，还以为是人死了呢！"

这事很快传到了马三斤的耳朵里，他本来不清醒的头脑更受打击，他已经不能再推着车去六一桥卖烧饼了。但是他还是经常去六一桥的集市。

挨着老夏卖烧饼的变成了华光大桥的老鲍。

马三斤说："我昨天还在这卖烧饼，怎么今天这地被你给强占去了。”

老鲍说：“你昨天啥时候在这卖的，我都摆这好长一段时间了。”

马三斤指着老夏说：“我天天摆在这，老夏可以证明。”

老夏望着马三斤露出了一脸笑。

老鲍说：“你去问问杀鸡的老邓，卖冰棍的老姜，他们什么时候见你在这摆过。”

“我不用问他们。”马三斤说着就来掀地上支起的桌子，边掀嘴里边叫道，“你抢了我的地方还不承认，我车都推来了，没地摆。”

老鲍脱下手套说：“你摆什么？你瞧瞧你身后，你哪推着车来了？”

老姜和老邓跑来抱住马三斤。

马三斤挣脱着对他们叫：“你们别帮他，你们是不是想害我？”

老姜说：“你这是咋了？怎么一段时间不见像变了个人。”

老邓说：“赶紧让你儿子带你去医院找个好先生好好瞧瞧吧。”

马三斤说：“我不去，我一点病都没有，我去干啥？要去你们去。”

马公民垂头丧气地回到家，坐在椅子上不说话。马三斤把他叫进房间里，他说：“我给姓刘的那个王八蛋每年送两次王八，这两年送了多少王八了，你想想，你这一回来，那些王八都送水里去了。”

李玉芳闻声走过来轻声说道：“送了就送了，就别总提了，当初也没人逼着你送。再说，又不是非得兽医不干。”

马三斤说：“我刚能抬起头做人，现在又要夹着尾巴了。”

李玉芳说：“你看你，又开始胡说八道了。现在集市上的人都知道你脑子坏了。”

马三斤说：“放你的屁！谁说我脑子坏了？谁敢说我脑子坏了？你叫他到我面前来！”

李玉芳说：“没人说，是我自己说的。”

马三斤说：“我不信，你交个人给我，我看看究竟是谁胆子这么大，敢骂天王老子。”

李玉芳对马公民说：“还是带你爹找个好先生看看，我看他病得不轻呢。”

马三斤的眼神四处乱转，他说：“你们嘀咕什么呢？别以为我听不见，你们是想害我。”

李玉芳真生气了，道：“滚！”

起初马三斤并不同意去医院，他知道医院不是白进的，要花钱。在他心里，医院那种地方不是他这种身份的人随便去的，这么多年大病小病，他都是睡一睡就扛过来了。

他一脸疲态地对马公民说：“我身体好得很，你们带我去什么医院，我不去。”

李玉芳哀求说：“你去看看吧！有没有病等先生看了再说。”

马三斤说：“我不去，不知道心里憋着什么坏哩。”

马公民说：“咱去小医院，不去大医院，小医院人少，挂号的钱都不用给。”

马三斤叹了口气道：“去就去吧，反正我也活不了多久了。”

李玉芳说：“你又开始胡说八道！”

小医院其实就是一家私人经营的诊所，进了诊室，里面围着一大帮子人，中间的桌上端坐着一位六十多岁戴着眼镜、穿白大褂的医生。

给患者配药的年轻姑娘发了一张扑克牌给马公民，说，医生姓赵，是大医院退休的主任。别看这是个小诊所，但是医生医术精湛，闻名四方，附近乡镇慕名来看病的人踏破门槛，络绎不绝。扑克牌就是你自己的就诊号码，叫到你就进去。

马公民一看手中的扑克牌是一张红桃 K，红桃 K 的前面有个 3 字。

他问："这个'3'是什么意思？"

年轻的姑娘解释说："'3'就是第三圈的意思，第一遍喊红桃 K 没你，第二遍喊红桃 K 也没你，第三遍喊就是你进去了。"

马公民说："真科学！"

他趴在门框上面朝里屋环视了一下诊室，白墙四周挂着一些鲜红色的锦旗，这些锦旗的文字大都是"妙手回春""华佗再世"之类，这些锦旗就像光环一样，笼罩在锦旗下赵主任光秃秃的脑门上。

年轻的姑娘说："赵主任是个大医生，什么病都看，什么病都懂。"

马公民说："哇！赵主任真厉害。"

年轻的姑娘说："什么大病到赵主任手里都是小病，省城医院治不好的病，赵主任都能给看好，而且花钱还少。"

马公民说："哇！赵主任真了不起。"

年轻的姑娘说："赵主任虽然六十多岁了，但你看他鹤发童颜，慈眉善目，气色精神比年轻人都好，赵主任一天能看几十个病人不带休息的。"

马公民说："哇！赵主任真是华佗再世。"

马三斤在旁边撇了撇嘴，问道："难不成赵主任是华佗投的胎？”

年轻的姑娘捂着嘴咯咯咯地笑了。

马公民和马三斤坐在诊室外的长凳上，从上午一直坐到临近中午，看着刚开始围着的那一大帮人渐渐地从屋里退出来。那些离开的人，有人满脸笑意，像虚惊一场；有人满目愁容，似跌入深谷；有人面色惨淡，似万劫不复。

这时，赵主任在里面叫“红桃 K”。

马公民在四处张望。

赵主任又叫“红桃 K”。

年轻的小姑娘走上前来，翻过马公民手里的牌，道：“你真有意思，赵主任叫你呢，你咋不进去？”

马公民看着牌道：“对不起，对不起，我忘了，我还记着一直是叫名字的。”

说完，他叫醒躺在椅子上的马三斤。

赵主任见病人走进来，刚抬起来的屁股又缓缓地重新落到椅子上，他拧开茶杯喝了一口早泡好的浓茶，茶水在嘴巴里来回转动，发出汩汩冒泡的声音，像是在漱口，马公民以为他要吐到旁边的小桶里，但一会儿他又咽了下去。他抬起手向后脑勺整理着自己的头发，但脑门上只有一小撮发丝。

马公民看见赵主任的桌上摆放着一具缩小版的人体骨架模型，刚想伸手去摸，赵主任赶紧说：“不要乱动。”

赵主任这句话的语气让马公民想起他前几年刚去兽医站参加工作的时候，他娘李玉芳带他去城里自由市场买身像样的衣服时的场景。他看上了展示在店门外的一件薄薄的黄色夹克，当李玉芳伸手想摸下衣服料子的时候，店里胖乎乎的老板娘远远地说："不买不要乱摸。"

但当她喊出这句话时，李玉芳还是摸了那件衣服的衣角。

胖老板娘嚼着口香糖走过来说："哎呀，你这人怎么回事？我刚才已经跟你说了不要乱摸，你没听见吗？你又不买，摸脏了，我还怎么卖！"

李玉芳赔着笑说："孩子喜欢，就想看看这衣服料子咋样。"

"咋样？"胖老板娘一眼打量完他们二人，轻蔑道，"这衣服做工好得很，价格也不便宜，要五十块钱。"

李玉芳说："我们再到别处看看。"

当他们走出店门外十多米远的时候，胖老板娘站在店外喊："回来吧，回来吧，四十块钱赔本卖给你。"

李玉芳没有说话，拉着马公民低头走路。

当他们走出二十米的时候，胖老板娘又扯着嗓子喊："哎！你诚心买吧？诚心买三十五块钱。"

李玉芳依旧没有说话，继续低头走路。

当他们走出三十多米远快要消失在路口的时候，胖老板娘在店门口叉着水桶腰叫骂的声音远远传来："摸脏了衣服又不买，买不起衣服逛什么市场！"

她嘴里泛白的口香糖随着她的叫骂声被喷出了三米开外。

赵主任抬起袖口看了眼表，说："小伙子，是你看病，还是你爹看病？"

马公民说："赵主任，你怎么看出他是我爹？"

赵主任说："还用看吗，你们爷俩连说话声都一样。"

马三斤悄悄凑到跟前说："赵主任，我儿子和你是同行。"

赵主任上下打量着马公民，疑惑地问："你儿子在哪高就？"

马公民赶紧说："我以前干过兽医，学徒。"

赵主任听后哈哈大笑起来。

马三斤说："清管所的刘所长是我的朋友，兽医站的曹站长也是我的朋友，你都认识吧？"

赵主任点点头。

马三斤又说："市人民医院也有几个我的朋友。"

马公民心里知道，那些曾经买过他爹烧饼的人都被他说成了是他的朋友。

赵主任说："还是让你儿子来说吧。"

马公民随即把马三斤身上发生的情形详细跟赵主任说了一番。

赵主任站起来走到马三斤边上，一手握住他的头，一手在他的后脑勺来回摸来摸去。

他问马三斤："上个星期发生的事，记得吗？"

马三斤摇摇头。

他又问："前天发生的事情还记得吗？"

马三斤又摇摇头。

他说："我买过你做的烧饼，你记得吗？"

马三斤说："你胡说八道，我对你一点印象都没有。"

赵主任悲观地摇了摇头。

他把马公民叫到外面，小声说："我刚才检查过了，你爹这是小脑开始萎缩了。

"小脑萎缩的初期症状是头晕，中期健忘，晚期走路不稳，大小便失禁，吞咽困难。”

马公民说：“赵主任，你说得一点不错。他现在就是健忘，经常胡说八道，走路也不太稳，能治好吗？”

赵主任为难道：“无法治愈，现在可以开点药，尽量缓解他这种情况。”

马公民说：“他经常不承认他有病。”

赵主任：“这就是在发病。”

马公民：“赵主任，你不是什么大病小病都能治得好吗？”

赵主任：“你爹这个病是世界医学难题，比我更有能耐的人都看不好。”

年轻姑娘给马公民拿好药说道：“赵主任帮你们看好病了吗？赵主任很灵的。”

马公民接过药说：“这次，赵主任不灵了。”

年轻姑娘疑惑地看着马公民。

马三斤望了一袋子的药说道：“赵主任真是活神仙，来看病还送了这么多东西。”

年轻的姑娘说：“你爹真有意思。”

傍晚，天色渐渐发黄，马公民穿着短裤爬上了自己家的屋顶平台上眺望着远处的天空，远处的天边正聚集着一大团灰色的乌云，缓慢地向他头顶飘来。这时候的风吹在人身上异常凉快，很多洗完澡的街坊四邻都卷着草席爬上了阳台，躺在席上乘凉说话。

马公民发现在远处高高低低的屋顶平台上，有个姑娘正冲着他傻笑。他看不清那个姑娘的样子，但感觉她的牙齿很白，牙齿很白，就说明姑娘的皮肤有点黑。她上身穿一件米色的短袖，下身穿一条深蓝色的裤子。他数了数，特别矮的房子不算，直线距离是隔着他家房子的第六家。

马公民的邻居孔武功站在阳台上发现了他，惊喜地叫道："这是公民吗？几年不见都长这么高了。"

马公民隔着路边的电线杆看着眼前的这个男人，他小时候见过他一次，去过他家，看见他的房间里吊了一个沙袋，墙上挂了一柄宝剑，地上用红砖摆了一个缩小版的八卦阵。马公民当时对他充满了惊奇和崇拜，他想打一下那个沙袋，但是他的拳还够不到那个沙袋，他想舞下宝剑，孔武功说，等你长大长高些再来舞。他只能在用红砖堆起来的八卦阵上行走。等他长大再长高了些，他就再没有见过孔武功，听说是去了外地，他想那柄宝剑应该也被他一起带走了吧。

那个时候的孔武功身体健硕，脸庞棱角分明，浑身上下散发着强烈的荷尔蒙气息。他不像他娘絮叨，也不像他爹轻声细语，他说话声如洪钟，他说他是万里挑一的武学奇才，与常人不一样，他身上一定藏着某种特异功能。

马公民当时对他的话深信不疑，只是崇拜和憧憬的心情在时间的长河中被一点点消磨殆尽。

现在这个叫孔武功的男人又回来了，虽然他的身材如从前般魁梧，但是过耳的长发和嘴角边上蓄起的胡须让人感觉就像从丛林中走来，粗犷不羁。他此刻看起来一点也不像身怀奇术之人，反而更像个流浪多日的人。他说话时蠕动的嘴唇发出的声音就像穿过了一个茂密的丛林，他敞开的胸脯上正依偎着一个说一口外地方言的女人。

孔武功回来时，很多邻居到他家串门，不是看他，是看外地的女人究竟长啥模样。

他旁边的女人不时把目光投向马公民，她妩媚的笑让马公民羞涩地低下了头。

孔武功他娘此时也走上平台，看着越长越结实的马公民，站在女人身后笑着说："公民现在也是个大人了，越长越和他爹像，一个样。"

她随后又问："听说你爹今天去看病了，医生咋说？"

马公民说："看不出什么道道来，还是头脑的问题。"

他娘点点头，道："头脑的问题可是个大问题。"

这时马三斤也爬上平台，望着孔武功对他娘说道："你家啥时来的亲戚？"

他娘说："下午你不见过吗，我儿带回来的对象。"

马三斤说："我怎么听不懂这个姑娘说话，她是中国人吗？"

孔武功和他娘都笑了，那姑娘也笑得前仰后合。

这天晚上吃饭前，马公民到处在找从赵主任那买回的药。

他娘说："你们是不是忘了没带回来？"

马公民说："不可能，我看见爹把药拿在手上的。"

他们又走进屋里去问躺在床上的马三斤，他娘问："药呢？"

马公民问；"那袋东西呢？"

马三斤半睁开眼，嘟囔着说："都被我扔到茅坑里去了，让你们害我，这下，你们可害不到我。"

李玉芳顿时脸色铁青地叫道："你整天胡说八道！有谁害你？谁想害你？是你自己在害自己！"

集市上的人听说马三斤在家里又摔了一跤，已经躺床上两三天不能下地了。他们商量着都想来看看，毕竟曾经在一起，也算朋友一场了。

卖豆腐脑的老夏先来了。

他走进马三斤的房间，一股臭气熏得他赶紧捏住了鼻子，他走到床前说：“我是卖豆腐脑的老夏。”

马三斤假装没听见他的话，继续闭着眼。

李玉芳走进来说道：“刚躺下。”

老夏看了看垫在马三斤屁股下的干草问：“现在都不知道大小便了？”

李玉芳说：“经常控制不住，没办法，床单来不及洗。”

老夏点点头，说：“还能行能动吗？”

李玉芳说：“走短路还能走，就是不稳。”

李玉芳说完就走出去了。

老夏感慨地说：“想不到人这么假。”

他又说：“老鲍让我来看看你，你还记得老鲍吧？你以前在六一桥卖烧饼，他在华光大桥卖烧饼，你们俩可是对手，是冤家。老鲍跟我说，他上次不应该跟你动手，不应该和你吵，他不知道你脑子有问题，不知道你是个病人，他说如果知道你是个病人，怎么说他也不会动手。”

“老鲍的烧饼现在卖得真好。”老夏说，“不是老鲍烧饼卖得好，是我发现老鲍做人做得好。老鲍做人不小气，刚出锅的烧饼，他都主动拿给我吃。这点，你还真比不上人家老鲍。”

马三斤这时睁开了眼，把头扭了过来，他的目光越过老夏的头顶，朝地上啐了口痰。

老夏捏着鼻子走了出去。

老夏前脚走后，卖鸡的老邓来了。

老邓走进屋里，闻到异味，没有捏住鼻子。

他一屁股坐在床沿上说：“鸡都扔下了，就想来看看你。

“以前在一起卖东西，隔着马路我和你正对面，尽看你了。现在看不到你人，我还真有点不习惯。

“我现在对面天天看着老鲍，那个老鲍，长得矮矮胖胖，留一撮八字胡，怎么看都像个汉奸巴嘎。我真想随时走上前去一枪毙了他。

“以前看你跟老夏走得多近乎。在你给儿子办事时，我还为你和老夏吵过一架，结果呢，你反过来帮老夏，我里外不是人。

“后来，你儿子要找工作，我一听比你还着急，给你介绍清管所的刘所长，我是真在乎你这个朋友。

“如果当时我跟你说老夏不是个好人，你指定不信。你看他现在，和那个汉奸巴嘎多热乎，他们穿同一条裤子。常言道，朋友的敌人也是仇人，你看，他和你的敌人多热乎。

“虽然我以前和你媳妇玉芳同过学，但没同过床，你也许一直怀疑我们亲过嘴，但是我今天向你保证，我们连手都没拉过。

老邓说：“我说了这么多话，你千万别往心里去，我就图个心里舒服。话憋了这么多年，再憋都快憋出病来了。

“我不能再说了，再说下去，就像是临别的话了。

老邓最后拉着马三斤的手说：“你赶紧好起来，我等着你喝酒。我现在还要赶回去杀鸡，不然我的鸡今天就卖不出去了。”

马三斤听得双眼湿润，身体微微地颤抖，泪一滴一滴从侧着的眼眶滑下，他听懂了老邓的话，也看懂了老邓的心。

马公民送走了老邓，又迎来了杀鱼的老孙、卖肉的老李、开小卖部的老张、下面条的老范。

老孙、老李、老张进来叹了口气就出去了。

老范进来说了三句话。

老范第一句话说："什么病看不好，北京、上海、广州、深圳大医院多的是，赶紧去呀！"

老范第二句话说："咱这有些医生的技术不行，没病都给你看出病来。"

老范第三句话说："要是能找到陈戈尔就好了，这个王八蛋可能有些路子。"

老范一行人走后，最后来的是老姜。

老姜来到马三斤身边。

老姜问："他们都来过了？"

马三斤说："唉。"

老姜问："你还能听见我说话吗？"

马三斤微弱的声音回："听得见。"

老姜说："我看了，你暂时死不了，阎王忙着呢，没工夫理你。"

马三斤笑了。

老姜说："现在你知道谁才是对你掏心掏肺的人了吧？"

马三斤问："啊？"

老姜说："你的脑子虽然坏了，你的心没坏。

"你现在想吃点什么？"

马三斤说："不吃。"

老姜说："你是一直没活明白，辛苦挣钱图个啥？放在柜子里存着，那不就是张纸嘛。

"你看我，我现在想得多开，我就一个姑娘，膝下无男丁。我不信传宗接代那些，那都是封建迷信，我将来死了就死了，要什么子孙万代，我也看不见，再说天底下又哪有不死的人。

"我现在卖冰棍也不吆喝了，都换小喇叭了，走街串巷，我一摁按钮，我吆喝的声音就响起来了，我也要省点力气多活几年。"

老姜说完这些话，走出来对马公民说道："看你爹想吃什么，就给他买什么。"

马公民惊恐地问："这是要开始准备后事了吗？"

老姜说："傻小子！你爹胡说八道，你也开始胡说八道吗？"

马公民哦了一声便赶紧去问马三斤想吃什么，马三斤摇摇头。

一连几天，马三斤都躺在床上。

他说："我想出去走走。"

李玉芳说："你现在哪都不能去。你走着走着，就可能在大街上尿了裤子。"

第二天，马三斤又说："我想出去走走。"

李玉芳说："我看你现在浑身没劲，你还是躺着休息会吧。"

第三天，马三斤自己从床上走了下来。他的精神气色看着出奇地好，他的大脑似乎也有点正常了，他说道："口淡，去切点牛肉回来。多少年没吃过牛肉，不知道啥滋味了。

"再买两条鲫鱼炖点汤吧。"

李玉芳说："你是生病还是在坐月子？"

马三斤说："我还想尝尝送刘所长的野王八是个啥滋味。"

李玉芳说："你去刘所长家后院的茅坑里找吧。

"你还想吃什么？一下说齐吧。"

马公民在暴雨来临前把马三斤要的菜一样不落地都买了回来。

吃饭前，马三斤又拿了梯子放在电表旁边，像一只蜗牛一样爬上梯子，凑在电表边瞅了半天道："以后这电你们要省着点用，晚上能不开风扇就不开风扇，现在电费贵着哩！"

随后，他下了梯子从柜子的深处取出了一瓶大曲，但是吃饭的时候，他一滴也没喝。牛肉，他放在嘴里嚼了几下，又吐了出来，说："不烂。"

李玉芳尝了一块说："你脑子又开始不正常了，这牛肉我烧得稀巴烂。"

马三斤又抓着勺子颤颤巍巍地扻了一勺汤放进嘴里道："喝不出一点味来。"

马公民也喝了一口道："一点都不淡。"

这一夜，天空像一个倾倒的水池，狂风呼啸，暴雨如注，马公民夜里听见雨滴砸落在屋顶瓦片的声音和落在院子地上发出的声响，就像一台在他眼前不停转动轰鸣的机器，令他心烦意乱，烦躁不安。他从床上坐起身又躺下去，不停地翻身变换着睡姿，那些雨点就像砸进了他的脑袋里，让他的大脑也开始嗡嗡作响，直到凌晨三点，雨声减弱，他才昏昏沉沉地睡去。

等他醒来已经上午十点，雨也停了，留下路面一汪一汪深浅不一的小水坑。马公民是被他娘的一阵急促的叫声惊醒的。

李玉芳慌张地说："看见你爹了吗？他没在家。"

马公民赶紧起身穿好衣服。他爹已经多少时间没出门了，现在能去哪呢？他们以为马三斤去了大街，他去街上转了一圈没有找见人，来到六一桥一问老邓，也没见着。老邓立马放下手里的鸡，找到老姜，又拉着老孙、老张等人一起去找马三斤。

老邓说："实在不行，去派出所问问吧。"

老孙被安排去了派出所。

一行人穿过大街，又走过七八条巷子，在像迷宫的巷子里，在弯曲的石板道路上，留下他们匆忙急促的脚步声。

老姜的额头开始不断冒汗，他说："去河边看看吧，华光大桥下面。"

众人又沿着桥洞下一路寻找，他们遇着一个衣衫褴褛的老乞丐，他们问老乞丐有没有遇见马三斤，老乞丐直摇头。

李玉芳着急地说："这么大个人，能跑哪去呢？"

她拦下开到河边下客的渡轮，问船老板有没有看见一个中等身材、面色土黄的男人，船老板摇了摇头。

小镇一时被他们快翻遍了，他们又去了车站，小小的车站此时空旷无比，路边歇着一些骑三轮拉客的人，他们说没见过六一桥卖烧饼的马三斤。

老邓说："会不会自己回家了？"

随即又打发马公民跑回家看。

马公民怀着期待的心情一路小跑到家，但家里空无一人，他又气喘吁吁地跑回去，失望地说道："家里没人。"

去派出所的老孙也回来了，说："没发现马三斤。"

李玉芳焦急得已经说不出话来。

老邓说："我们刚才去了华光大桥下面的大河，我们现在再沿着巷子里的小路去一些野河边找找。"

他们来到废品回收站，回收站的屋后有一条野河，像个大池塘，池塘的边上沉着一些铁笼和木材。

他们慢慢走近那些铁笼，看见一件深褐色的的确良布褂漂在河面上，所有人都屏住了呼吸。

老邓借了废品站的铁棒，当他勾到那衣服的时候，马三斤的身体便随之浮了上来。

李玉芳顿时惨叫一声晕了过去。

马公民此时脑袋也像被丢进了一颗炸弹正在爆炸。

老姜立马找人联系了镇上的医院。医院的人匆匆赶来后，做了会儿胸口的按压，又检查了马三斤的瞳孔，缓缓站起身摇了摇头，这种沉默的表情宣布了马三斤的死亡。

马三斤的遗体被运回了家。

借来板车的是老姜，板车上铺着一层厚厚的稻草，他们合力把马三斤抬放在板车上，马三斤身体上的水浸湿了他身体下的稻草，稻草上的水滴透过板车的缝隙一路洒在了地上。

马公民推着板车的这一路，有些胆大的人赶过来看，胆小的人则远远驻足。

老姜说："是原来在六一桥卖烧饼的老马。"

马公民看着他爹沉沉地睡去，他的脸上没有任何表情，身体就像被封印一样。他在想为什么他要去野河边，他从来没见过他钓鱼。

他的娘此刻呆若木鸡。

回到家时，已经有做丧事的人在门口等着了，是老姜帮忙叫的。

他们在堂屋的地上也铺上了稻草，在稻草旁边支起了两张长凳，把大门的门板拆了下来，放在两张凳上。

放好门板后，他们又来协助李玉芳给马三斤擦拭身子，他们拿出两套衣服，问李玉芳："一套贵点，一套便宜点，贵的料子好点、厚点，便宜点的也能穿，不讲究，都一样。"

老姜这时插话道："六一桥卖豆腐脑的老夏也干这行，别杀价，都是家里人。"

那人道："你别提他，你直接找我就对了。"

李玉芳说："那就用料子好点的。"

那人又问："要不要吹号？"

李玉芳说："要。"

那人继续问："要不要叫几个和尚？"

李玉芳说："喊吧。"

她语气哽咽地道："在世的时候，活得紧巴巴的，走的时候怎么也得让他风光一下。"

在场的人无不泪下。

这时候马三斤的一些本家亲戚都已经赶来，不大的院子里站满了人，有人在帮忙叠着元宝，有人坐在里屋的床边安抚着李玉芳，还有人在角落抽着烟。

马公民怔怔地看着眼前这些一点也不熟悉的亲戚，但望着他们忙碌的身影，心中又顿感到一阵阵暖意。他把院子的积水扫去，腰间也绑上了麻绳，头上戴起了孝帽，他接过左邻右舍送过来的一刀刀黄纸，从碗里抓起糖果回赠他们，随后在堂屋外的旧盆里点燃几张，磕头谢礼，盆里蹿动的火苗一会儿就化为灰烬，被一阵风卷起散落在各处角落。

阴阳先生这时快步走了进来，他找了个地方坐下，在腿上摊开一张纸，写上出殡下葬时间，他告诉马公民，三天后是最好的日子。

送完阴阳先生，老姜和老邓又折回来了。他们来时手上也各拎着一刀纸，一个姑娘害羞地躲在老姜身后左右张望，马公民认出她身上的衣着是那天站在屋顶平台上眺望他的姑娘。这个姑娘正愣愣地望着马公民。

马公民低着头接过老姜手上的纸，抓起一把糖果塞给他，老姜推托着说："这几天你忙得很，不用顾我们。"

但马公民还是一把都塞进老姜的上衣口袋里。

随后，他又抓起一把糖塞进了老姜身后姑娘的口袋里。

老姜内心突然一阵触动，眼泪在眼眶里直打着转说："没想到你爹走得这么快，前几天来看，还说他死不了，这下说死就死了。"说着说着，老姜的泪也滑落了下来。

老邓说："你爹平时又不张网捕鱼，他去野河边干什么？"

马公民也摇摇头。

老邓忽然想起什么，说道："你爹不会是去帮你抓野王八了吧？"

马公民说："还真有可能，听他说之前送刘所长的野王八也是别人从那塘里捕的。"

老邓重重地叹了口气道："你爹性子慢了一辈子，话说一半留一半，但在这事上，没有人比他快。”

这句话犹如千斤顶压在了马公民的胸口上，他大口地呼吸着，但空气就像凝固和混浊了一般。他的泪水从眼角汹涌地奔流出来。

他没有经历过生死，死原来是一个多么陌生的字啊。年少的时光里永远也不会想到长大后有天要直面死亡的事情和死亡的人，而那人是自己的亲生父亲。

人群吃过饭散去。

鸡鸣过三更，马公民站在屋子外面的台阶上，望着院内和屋里到处散落的纸灰和冥钱，又望着躺在屋子中间的马三斤，他的遗像在脚边立着。马公民心想，如果马三斤还活着的话，这会他应该已经准备起床了，他开始和面，洗菜，做烧饼馅，生火炉子，这个时候叮叮咚咚、哐哐当当的响声会把马公民从睡梦中吵醒，但他早已习惯了这种生活的吵闹声。这是他们家庭特有的声音。现在屋子和院子是如此平静，马三斤的火炉子被挤在了院子的墙角，用一层薄薄的塑料膜覆盖着，在漆黑的夜空下更显得异常冰冷和落寞。

马公民又走回屋里，他轻轻拉开了马三斤脸上的黄纸，发现他爹的脸已经看不出一丝血气，惨白一片，眼眶和嘴巴两边的肉也开始凹陷了下去，他躺在门板上的身体像极了一尊泥石雕塑，和门板一样生硬，令他陌生又有几分恐惧。

他知道他的爹就这样一直睡下去了，他的爹也会像他小时候在乱葬场看见的那些从地里升起的锥状土堆下的人一样，被永远地埋在里面了。

落棺那天，李玉芳跪倒在地上，身上沾满了泥土，任凭别人怎么拖拽抱起，她的身体都像被抽了气一样软下来，没有一丝力气，她喉咙沙哑的哭声久久飘荡在天空和乱葬岗，就像被人掐住脖子一般，听了直戳人的胸口。

马公民的大脑是空白的，他看见了一个人活着可能是几十年，几万天的事情，但死却是几天就可以完成的事情。

第九章

马公民的家就像是一台老旧的机器在高速运转中停摆了下来，李玉芳知道，日子还得朝前过，这机器得转起来。她重新拾起了年轻时修鞋的技能，她从院子的杂物间里找出那个落满灰尘的小推车，推车上是一台旧的快生锈的手摇修鞋机，修鞋机在她的收拾下又重新放出光泽，从此，马公民看见他娘每天天一大亮就弓着腰推着修鞋的推车向六一桥走去。

李玉芳的推车就摆在六一桥的最外侧边上，这地是个风口，但是修鞋这个活计不需要费神去占别人的好位置，不像卖鸡、卖鱼、卖鹅要有个好市口。

老邓对马公民说："去找刘所长吧，什么都不用带。他知道了你爹的事情，也很同情你。"

李玉芳看着嘴边长出胡子，个子越长越高，脸蛋也越来越像马三斤的儿子说："听老邓的话，去找刘所长吧，他这根救命稻草可不能丢。”

马公民在大街上经常见到刘所长。

他看见刘所长在路边指挥工人清理茅厕，把茅坑的粪水通过围墙的一处缺口用很粗的管子抽到木制的粪车上，虽然粪车的盖子是固定的，在作业的时候并不会打开，但是空气里还是弥漫着阵阵恶臭味，好一会儿才消散去。茅坑的墙外侧有他们专用的水龙头，是上了锁的，他们抽完粪，就打开水龙头上的铁皮罩，接起一根长长的软管对着蹲坑肆意冲洗起来。他们手里的动作不紧不慢，那些站在茅坑外正憋着屎和尿的人额头上却开始渗出了豆大的汗珠。

这时的刘所长双手叉腰、一脸威严不容侵犯的神情令马公民不敢靠近。

在刘所长骑着车下班回家的路上，马公民站到了他面前。

马公民说：“你知道我爹吧？

“我爹叫马三斤，之前给您送过甲鱼。”

刘所长把车往路边推，把马公民也往路边拉，说：“到里边来说话。”

马公民说：“我爹死那天其实也想去抓甲鱼送你来着，但是他不会抓，掉河塘里淹死了。”

刘所长一听竟有些动容，道：“我听说了。”

“以后再也吃不到你爹做的烧饼了。”刘所长说，“你爹这个人和他做的烧饼一样实在。”

刘所长问：“你现在找我想干什么？”

马公民没想到刘所长这么爽快，便不再扭捏道：“还是想找个生计。”

刘所长略微沉思了一会儿，说："这样，要不你先到清管所来干段时间，后面有机会，我再给你介绍到纺机厂去。"

马公民一听能去纺机厂上班，眼神顿时发亮，纺机厂是镇上最大的国营厂，多少像他这样的青年想进去。在外人看来，在厂里工作象征着一种身份，是在社会生存的铁饭碗。

刘所长说："不管是在清管所还是纺机厂干，都得踏踏实实干，不能再出兽医站那种幺蛾子，艺没学精，尾巴倒先翘起来了。"

他说："这点，你不像你爹。"

他问："能吃得下清管所的苦吗？"

马公民点点头。

李玉芳正在打扫屋子，见他儿子回来便连忙问道："在街上，刘所长对你说啥话了？帮还是不帮？"

马公民蹬掉鞋子，躺在床上。

李玉芳说："怎么也学起你爹了，屁股插炮仗炸不出屎来。

"好坏都说说看。"

马公民便把刘所长的话原封不动地讲了一遍。

李玉芳脸上露出久违的喜悦之色，激动道："刘所长真是个肯帮忙的人，啥都不图，真是遇着个好人了。"

马公民说："我不想去清管所，我更想去纺机厂。"

"你懂什么！"李玉芳说，"千万别学你爹胡说八道那一套，一切都听刘所长的。"

她又说："你赶紧去你爹坟上把这好事跟他说说，让他也高兴高兴。"

马公民一个人来到了他爹的坟前，他坐在他爹坟前旁的土墩上，说："爹，我来看你了。你走了这么久，我还是第一次来看你，我要告诉你，我找到活计了，还是刘所长帮的忙，我娘把他夸上天了。

"爹，我要告诉你我从没有对你说的话，我小时候跟你去澡堂洗澡的时候，我对你说过有个男人总喜欢偷偷捏我的小鸟，你说告诉你，你帮我打他，我现在告诉你，那个人就是刘所长。

"你说刘所长怎么看着还是像我小时候见到的那样年轻，他的肚子还是那么圆，那么大，他怎么就不会老呢？

"爹，我要当工人了。

"爹，我该走了。

"爹，你要是还活着，你也会把刘所长夸上天的。"

第十章

去纺机厂前，马公民在清管所干了一段时间。

在清管所每天的工作就是拉着粪车去粪池拖粪，清理茅厕。之前有几个男茅厕都是妇女在清扫，很不方便。妇女需要站在男茅厕的外面向里面叫唤，叫唤几声，确定没人后，才提着水桶走进去开始冲洗。

马公民来了以后，男厕便交给他清洗。

在大街上拖着粪车的他，浑身也沾满了粪水的味道，很多人见了他就像见了凶神恶煞，唯恐躲避不及。

兽医老钱骑车下乡，在大街上刚巧碰见他，说："差点没认出来，你小子怎么混这么惨了，和粪便打上交道了？"

马公民说："拉粪车是暂时的，后面还要去纺机厂工作。"

老钱问："是干兽医好，还是拉粪车好？"

马公民说："都不好。"

老钱说："你是没干长，干长你就体会到乐趣了。"

马公民说："我还是觉得去纺机厂好。"

老钱说："你这身臭味比我下乡去的人家牛圈都臭，你自己闻不见吗？"

马公民说："天天闻，我都已经习惯了。"

老钱说："你们单位没给你发个面罩，塑料的那种，把嘴巴包围起来，就露出两只眼睛，至少闻不见味。"

马公民说："不用。"

老钱说："看来你身体里有抗体。"

马公民笑着道："你忙吧。"

老钱说："我是得走了，我喉咙浅，一会儿非吐出来不可。"

说完，他重新跨上车骑走了。

刘所长通知马公民去纺机厂上班的前天，马公民经过四季饭店的后门时，发现一个站在一口大锅前的姑娘正对着他傻笑，那个姑娘虽然转脸看他，但是手上的活却没停下，锅上叠着的蒸笼像穿起的竹帽，帽檐下，锅里的水在不断地翻滚冒泡。姑娘戴起手套揭开蒸笼的盖子，不断翻动里面的包子和花饺，一会儿又盖上回到案台上。

她先把厚厚的面团揉搓成长条状，然后又切成一个个大小相等的小面团，接着用擀面杖将每个小面团都擀成四周薄、中间厚的圆片，然后在圆片中间扤入像泥一样的肉馅，经过她的巧手，或挤或捏，一个个皮薄馅多的包子便整齐排放在她面前的案板上。

做完包子，她又开始做花饺、做馒头。

马公民走近了才发现这个勤快的姑娘是姜小梅。她的头发用一根橡皮筋束在脑后，他看着她娴熟的身影左右摆动，额头上渗出细细的汗珠，她的身体在摆动的时候，她的马尾辫也在摆动。

老姜的女儿姜小梅用手绾了绾头发，快速整理了下衣服，走出店门，她说："怎么不坐屋里，屋里有风扇，凉快。"

马公民急忙推辞，说屋里人多也热。

姜小梅从第一次看见马公民就已心生情愫，在自家屋顶的平台上，在大街小巷中，她偷偷瞄过他，甚至马公民爹过世的时候，她也要去看他一下。

当时他爹老姜说："又不是什么喜事，去起什么哄？"

但他就这么一个姑娘，最终还是顺了她的意。

姜小梅自己也说不出她到底看上马公民哪一点，要说长得俊俏，马公民不沾边，他不魁梧也不瘦弱，在男人堆里中规中矩，和他爹一样，属于合格产品，但是性格温和憨厚，一看就是能过日子的人。

姜小梅说："我捏的包子，他们都说好吃，你说是不是？"

马公民咬了一大口，肉汁顿时顺着他的嘴角滑落了下来，滴在了裤子上，显得很狼狈。

姜小梅掏出自己的手帕去帮他擦，她附在马公民的胸前，身上的气息滚烫得令马公民头皮发麻，甚至感觉有点窒息。

此后几天，马公民又去看了姜小梅做包子。

在饭店吃完包子的人对卖冰棍的老姜说："你家闺女和马三斤家的娃好上了。两人处得真好呢！"

老姜听见一个人说并不在意，但听见很多人都对他说，就知道这事十有八九是真的。

老姜说："我没想法，我能有啥想法。现在早就提倡自由恋爱，哪还能包办婚姻。"

老姜说："孩子的事孩子自己做主，路好走难走，鞋合不合脚，都是她自己选，我们只是帮着掌掌眼。

"老邓你看着，我绝不会棒打鸳鸯。"

他随后来到李玉芳的鞋摊说道："我们到河边，我跟你说个事。"

李玉芳放下手里的活，问："啥事这么神秘。"

老姜说："你来了就知道了。"

李玉芳跟着老姜来到河边。

老姜四处望了望，确定远处的人听不见后，便道："你知不知道？"

李玉芳问："知道什么？"

老姜："你娃和我家娃两人处上了。"

李玉芳问："啥时候的事，一点都没听说。"

老姜问："真不知道？当娘的一点都没关心？"

李玉芳着急道："咋不关心，那小子没话和我说。"

老姜说："我姑娘你不是没见过，要身段有身段，要模样有模样，没有一点配不上你们公民，在全乡镇也很难找出第二个我家这样的好姑娘。前几天还有媒人踏进我家门槛，姑娘没发话，我也没好接茬儿。

"按说我应该给她掌掌眼，寻摸个好人家，找个不愁吃穿，日子有奔头的人家，当爹娘的都是操的这份心，你懂吧？"

李玉芳不断点头："懂，都懂。"

老姜望着河里的水，平静地说道："我把你拖下来就想问问你心里是怎想的？"

李玉芳说："如果你姑娘同意，我求之不得，那是做梦都不敢想的事。"

老姜说："嗯，那就行了，只要姑娘愿意，我也没二话。咱们两家要是成了，既是朋友，又是亲家，真是亲上加亲。"

李玉芳说："那可不是，都知根知底。你放心，将来小梅来我家，我是不会让她吃半点苦的。"

老姜点点头，随后又说："眼下，你最好请个媒人去，让他们光明正大地处，别弄得鬼鬼祟祟的，弄得我走哪都被人指后背，脸上也没光。我光明磊落了一生，别临老在阴沟里翻船。"

李玉芳说："应该的，形式不能少。"

老姜问："你打算找谁？"

李玉芳说："你定，你做主，全听你的。"

老姜说："这媒人是个现成事，不需要费多少力。两个孩子又能处，不需要他在中间来回传话，就是跟着吃吃喝喝，最后收份礼。

"我给你说个人。"

李玉芳问："谁？"

"老邓。"

老姜继续说："把这个人情送给老邓不亏，老邓是个老实人，你丈夫活着的时候，老邓把他当作最好的朋友，再说老邓也帮过你们。"

李玉芳说："行，老邓就老邓。关键不知道老邓愿意不愿意。"

老姜说："他还能不愿意？白吃、白喝、白拿，天底下最好的事都让他赶上了。

"我去跟他说，一句话的事。"

老姜边走边说。

李玉芳傍晚对马公民说，让他去镇上澡堂洗个澡，洗得干净点，穿身像样的衣服，显精神的衣服，晚上去卖冰棍的老姜家。

马公民疑惑地问："去他家做什么？"

李玉芳说："还问我干什么？你和他姑娘处对象的事，人都告诉我了。

"世上哪有不透风的墙。"

马公民说："处啥对象？我们刚见几次面……"

李玉芳不等马公民说完继续说："见几次面怎了，我和你爹拢共就见两次面，第一次面是来认地方，第二次是来结婚。"

马公民还想说什么，这时候老邓迈着轻快的步伐来了。

老邓今天身上的衣服一点鸡屎味都没有，十分干净整洁。他一进门就嘿嘿地笑着说："这是个好事，天大的好事，肥水都流在了朋友家，没有流到外人田里。"

晚上六点多，天边刚擦黑，马公民和他娘还有老邓出现在了姜小梅家门口。马公民的手上提了两瓶酒。

姜小梅热情地迎接了他们，老姜从屋里走出来，也穿得有点正式。他看见马公民手里的酒，摆手道："都这么熟悉了，还见外？"

李玉芳说："头回认门，空手可不像话。"

老姜说："客气个啥，时间处长了，你就知道我这人没这么多讲究。"

几人在屋外寒暄了一阵，老姜便把他们带进屋里坐到桌旁，姜小梅在厨房炒完一个又一个菜，她炒的蔬菜绿油油的，看着非常清新和新鲜，她烧的肉没有加一点油，却在灯光下泛出了红色的亮光，令人垂涎。

李玉芳说："小梅真勤快，真是个好姑娘。"

老姜听着赞美他姑娘的话，心情十分畅快，带着几分得意的口吻，道："自从她娘走以后，这家里洗衣做饭，我从没操过心。"

李玉芳说："是哩！这生个女娃就是比男娃好。"

"嫁出去的姑娘，泼出去的水。"老姜的脸上带着一丝伤感地说，"这以后小梅嫁人了，我可是个孤家寡人了。"

李玉芳说："这说的啥话？小梅永远是你的姑娘，以前怎么伺候的，后面还怎么服侍。"

老姜说："可不能给孩子添负担。"

老邓说："你们真是看得太远，想得太多。

"我只看今天和明天，再远就看不到了。"

正在他们谈话间，姜小梅已经将六七个菜摆满了桌子。

吃饭前，老邓把马公民和李玉芳拉到了一边。

老邓问李玉芳："红包带了吧？"

李玉芳说："早准备好了。"

老邓问："准备了多少？"

李玉芳说："一百九十九，讨个寓意。"

"意思就行了。"老邓说，"红包多点也证明你们在乎女方。"

又问马公民："你咋想的？是你办事情，主要还得听你的意见。"

马公民沉默了片刻，犹豫地说道："要不再看看。"

李玉芳说："还看什么看，多好的姑娘，都知根知底，过了这村没这店。"

老邓打断她的话，道："强扭的瓜不甜，你们吃饭的时候再想想。"

一席饭过后，老姜迟迟未见李玉芳塞给他姑娘红包，按习俗，男方未给女方红包，则证明男方对女方未有意思，如果男方给了，女方婉拒，则表示女方无意。

老姜已有几分醉意，他临走时把李玉芳拉住道："今天是我自作多情了，我不该请老邓来掌这个眼，都在瞎耽误工夫。"

老邓劝道："这事不比卖东西，谈拢就成，这事讲个缘分。"

李玉芳说："我回去一定好好说说他。"

姜小梅听他爹说话的时候一言不发，她的脸一会儿像藏在田地间熟透的番茄，红彤彤的；一会儿像挂在树枝的苹果，既青又白。

第十一章

马公民进了纺机厂成了一名工人，他们车间主要是铣床和车床。车间的班长把他安排在一个老铣工师傅后面学徒，他们的机床在车间最里面的角落里。他的师傅姓李，叫李卫民，是溱南村人，五十多岁，戴一副老花眼镜，他在读游标卡尺数据的时候，把卡尺举到了离眼镜很近的地方还看不清楚，然后又高高地迎着光举起，又放下。他在工作台上操作的时候，像趴在了机床上。

车间的班长对他说，在他们厂，铣床有三个车间，车床也有三个车间，李师傅是厂里铣床一车间的师傅，他的铣床技术在附近县城都很有名，经他手做出的产品正负不超过三市分，你能学到他的皮毛就非常不错了，但你千万别学他看报纸，他总爱躺着看报纸，报纸上的那些小字就像一个个落下的小陨石重重地砸在他眼眶里，导致他的视力越来越坏，也导致一车间的竞争力越来越差。还有看报纸，知道的东西多了，也导致话多。总之，以后你跟着他，他让你干什么，你就干什么。你管他叫李总工，厂里人都这么叫他。

李总工关闭了机床摘下眼镜放在面前的工作台上，捧着一杯茶，吸了一口，看了一眼马公民，又吸了一口，问道：“以前在厂里干过吗？”

马公民摇摇头。

“那你以前都干过什么工作呀？”

“兽医。”马公民说。

“兽医咋不干了？”

“牛被我医死了。”

李总工笑了：“还干过什么？”

“环卫工。”

“环卫工咋不干了？”

“不喜欢干。”

李总工又笑了：“那你爹是做什么工作？”

“我爹死了。”

李总工点点头。

弄明白马公民的来处后，李总工指着角落说：“你看见这两台机床了吧？

“靠角落窗户这台比较新的是沈阳产的立式铣床，旁边的这个旧的是老的卧式铣床。立式铣床虽然不大，但是精度高，就像娘们一样，那些厂里要求高的小零件，她干；卧式的精度就差些了，五大三粗的，正常量大的，不要求特别精细的，就他干。

“以后在我没来前，我会让你帮我打开床子，你别开错了，你跑过来看下开关在哪里。”

随后李总工拿起桌台上的游标卡尺问：“上过学吗？”

马公民从机床上抬起身说：“上过几年。”

李总工放下游标卡尺，道：“那你还是从最基础的来学起吧。”

马公民发现李总工这个他人生遇见的第二个师傅和第一个师傅兽医老钱不一样，老钱和他爹有点像，性子比他爹快一点，李总工的性子又比老钱快了些。这性子就像步子，老钱的步子，马公民还能跟上，但李总工的步子，他却有些跟不上。

他在将近半年的时间里工作经常出错，他在机床上操作的时候，肢体的配合总是那么僵硬，李总工让他升降机床的时候，他伸手去抓两侧的摇臂，李总工让他去前后进缩机床的时候，他又升降了起来。

李总工逢人便说：“你们不知道，我一车间那个榆木徒弟，说我是他师傅，我脸上无光，他的脑瓜里的筋不知道是不是松了，我真想撬开他的脑袋瓜，用扳手重新拧一下。”

如果说马公民身上还有一种特质能让李总工赞美的话，那就是他的耐性。耐性就是耐力，就是耐心，他让马公民去给加工好的零件敲字，他的铁锤可以从中午一直叮叮当当敲响到太阳落山。

一车间车床间的师傅找来，拿出两三个碗状的零件说：“铣一下。”

马公民说：“等李总工。”

那人放下东西便走了出去。

一会儿他又进来问：“铣好了吗？”

马公民说：“等李总工。”

那人又扫兴地走了出去。

一会儿他又着急地来催："铣好了吗？"

马公民依然说："等李总工。"

车床师傅问："你会不会干？"

马公民犹豫地摇摇头。

车床师傅等不及，大骂："叫他声总工，还真飘起来了。"

说着，他启动了卧式铣床。

马公民走上去帮他夹紧零件。

车床师傅问："铣刀会换吗？"

马公民摇摇头。

车床师傅说："跟他后面学个屁，他屁也不会教你。以后转拜我门下，我收你。"

李卫民大步流星地走进自己的车间，发现车床间的人正站在自己的卧式铣床上，大叫道："郑爱国，你在干什么？你赶紧滚下来。"

郑爱国悻悻地从上面跳下来，道："我跑了三趟都没找见你人，只能自己动手丰衣足食了。"

李卫民看着拿来的零件和图纸说："你懂个屁！你用卧式铣床铣个屁出来。"

这句话让郑爱国的脸颊顿涨得通红，他的怒火在胸中翻滚，他回击道："你说什么都是屁。像你这样，一车间的荣誉早晚要毁在你手里。"

郑爱国随后一把抓起工作台上的图纸和零件道："纺机厂不是只有一车间有铣床，我找三车间去。"

说完郑爱国转身就走了。

李卫民在他的身后说："你爱去哪去哪，别威胁我，我这人只吃软不吃硬。撬我的墙角，你才来几天呀，尾巴翘到天上去了。”

在纺机厂工作的时间里，马公民遇见了一个面庞秀丽的姑娘，她细长的双手如同柳树条一般，婀娜的身姿像清风一样飘逸，她乌黑的长发垂在肩头，水灵的眼睛像刚洗过的珍珠。当她经过马公民身边时，马公民闻到了一股淡淡的清香。

在食堂，他的目光除了饭盒就是这个姑娘，一车间的人顺着他的目光望去，扭过头对他说道：“别看了，是杨秀珍，这个姑娘是三车间的。”

厂长周大发把马公民叫到办公室。

他双腿翘在办公桌上，皮鞋上蒙了一层灰。他身后的书架放满了书，也蒙上了一层厚厚的灰。

他把腿从办公桌上移下来，翻身从抽屉里找出鞋油和一块布，一遍遍地开始擦拭皮鞋。当皮鞋头的亮光照在他硕大的脑袋上时，他满意地站了起来，抖了抖身上的衣服。

这时马公民已经站到了门外边。

他挥手叫道：“进来。”

周大发点上一支烟，重新把腿放回办公桌上，问道：“你叫马公民？”

马公民紧张地点头。

“进厂有半年了吧？”

马公民说：“嗯。”

周大发咳嗽了一声，望了一眼马公民说：“你别紧张，我们之间就是普通的谈话，你也不要把我当成老板、领导，你就把我当成你的邻居、你的长辈。”

周大发说："一车间在我厂各项工作一直年年先进，名列前茅。刘所长当时给我介绍你的时候说了一堆好话，所以我直接把你安排在一车间，可见对你的重视程度，你可别拖一车间的后腿。

"一车间的人找到我告你和李总工的状了，李总工我不想说什么，他岁数大了，说什么也听不进。但是对于你，我就要说两句了，你的进步太慢。

"马上上面就要举行技能大赛了，县里有很多厂参加，纺机厂是我们乡镇重要的参加代表单位，能不能夺得第一，希望都在一车间身上，你们的担子不轻呀，现在尤其要搞好团结，千万不能内讧。自古没有团结哪能齐心协力？没有团结哪能取得胜利？没有团结哪能夺得第一？

"你也不是没有优点。你还是有个优点的，我听说了，你小子有耐性，这就是个别人没有的优点，但这不能当作长处。

"我可以提前告诉你，厂里车间后面可能要进行重新合并，如果这次三车间取得第一，一车间、二车间都要合并给三车间，反之你们车间取得第一，其他车间就合并给你们。"

在不久之后的动员大会上，周大发宣布了这个消息，三个月后参加全县举行的技能大赛，后面参加更加重要的市级技能大赛，厂里能不能发展，今后能不能再上一个台阶，能不能再续辉煌，能不能保持领先，他说："我不要当老二，我要看台下诸位的精彩表现。"他着重提到了一车间和三车间，并且点了马公民的名，说他就像一颗牢固的螺丝钉，一个企业需要无数这样牢固的螺丝钉，才能稳健发展，持续欣欣向荣。

李卫民说："周大发这是在点我，去年的大赛一车间得了个第一，今年如果不抱回个第一，我这总工的名头怕是该让给别人了。”

就在马公民快忘记姜小梅的时候，一个男人出现了。

在马公民下班的厂门口，一个样貌精瘦的男人拦住了他。

这个看着和他岁数相差不大的男人倚在路边一辆绿色的凤凰自行车旁，对马公民态度傲慢，昂着头，带着口吃地说道：“你……你，是马公民吧？”

马公民觉得自行车上凤凰的牌子在阳光下有点晃眼，他用手挡在眼上边，问：“你是？”

瘦小的男人说：“我……我叫夏小光，我……我是卖豆腐脑老夏的儿子。”

马公民说：“我不要豆腐脑。”

夏小光故意拍了拍黑色的车座，神气十足地说：“我……我不卖豆腐脑，我在邮局上班。”

马公民这才瞥见，在夏小光挡着的屁股后面，自行车架子上绑着印有邮局字眼的专用袋子。

夏小光说：“你知道四四季饭店吧？”

马公民说：“四季，不是四四季。”

夏小光说：“对对对，那你知道姜小梅吧？”

马公民问：“姜小梅怎么了？”

夏小光说：“姜姜小梅因为你好几天都不去饭店了，你对她咋了？”

马公民说：“我这段时间也没见着她。”

夏小光缓慢地说：“我告诉你，我爹已经帮我去姜小梅家说媒了，你要是不打算娶姜小梅，你就别，别招她。”

夏小光丢下这句话就骑着崭新的自行车离开了，他的屁股随着前进的车轮在车座上左右摇摆，像在跳舞。

马公民一路上几乎小跑回家，他推开门看见他娘李玉芳正坐在堂屋等他。他心不在焉地走进房里刚想躺倒在床上，却被他娘一把薅了起来。

马公民心烦意乱地说："咋了，使这么大劲？"

李玉芳焦急万分地说："还咋了，十万火急，火烧到眉毛啦！"

李玉芳问："小梅她爹去厂里找你了没？"

马公民摇摇头。

他娘一拍大腿说："不找，事就坏了。"

马公民问："什么坏了？"

李玉芳说："小梅她爹今天在我鞋摊前转了几趟，说她姑娘现在病几天了。让你赶紧拿个说法，总不能把人一直晾在那。"

她爹对李玉芳说："我现在比架在火上烤还难受。"

马公民说："能有个什么说法？"

李玉芳见他一点都不热心，试探地问："哎呀，你真不打算跟小梅好了？"

马公民没有说话，他现在心里脑海里想的全是杨秀珍。

"我的娃呀！"李玉芳焦急万分地说道，"这么好的姑娘，打着灯笼都找不着呀！"

马公民砰的一声关上了门，没有继续听他娘的絮叨，他娘在外面使劲敲了几声房门才心有不甘地走开了。

在月亮挂上夜空的时候，姜小梅敲响了马公民家的门。

李玉芳看见姜小梅瞬间便知道了来意，她把马公民从床上拉起，把他推出了门外。

皎洁的月光把房屋和路灯的阴影投射到地面上，在狭小的巷子里，姜小梅望着站在阴影里的马公民，轻声说道："卖豆腐脑老夏的儿子夏小光今天找媒人来我家说媒提亲了，我看我爹快要答应了。"

马公民"嗯"了一声没有说话。

姜小梅在黑暗中看不清马公民脸上的表情，着急地说："你现在到底咋想的？"说着，一颗豆大的泪珠从她的脸上悄无声息地滑落下来，在月光下闪耀出水晶般的光芒。

马公民被问得手足无措，一时不知该怎样回答。他感觉到她身体的温度就像她流出的眼泪一样滚烫。

他说："我们车间马上就要参加技能大赛了。"

姜小梅抹去脸上的泪痕，道："我知道 ，你别再说了。我听说你看上你们厂的杨秀珍了。"

姜小梅自嘲地说："杨秀珍多好，模样不胖不瘦，皮肤又滑又细腻，不像我这么粗糙。"

马公民赶紧说："你千万别这么说，你这么说，我更不知道该说什么了……"

姜小梅打断道："你别再说了，看来我们也没什么可说的了。"

马公民没想到姜小梅的情绪翻转得这么快，他刚想继续说点什么，姜小梅的身影早已消失在夜色中。

马公民望着姜小梅的背影在巷口的转弯处一点点消失，长长吁了一口气，抬头望着漆黑的天空，圆圆的月亮里影影绰绰，那里似乎也藏着一个村庄，住着一群人，发生着一些故事。他此刻感觉自己走到哪，那月亮似也嘲笑般的跟到哪。

第十二章

卖冰棍的老姜又找到老邓，说既然刚开始找了你，这回媒人还是你来当，还是现成的媒人，白吃、白喝、白拿。

老邓却面露难色道：“这吃的、喝的、拿的，心里不痛快。”

老姜说：“有啥不痛快的？”

老邓说：“没想到事情最后是这么个结果。”

老姜说：“老夏儿子比老马儿子有本事，邮局可是个好差事，我姑娘有眼。”

“就是……”老姜说，“这说话口吃的毛病不知道会不会传给下一代。”

老邓说：“我说的不是这个意思。”

老姜说：“打住，我知道你想说啥，啥也别说了。既然姑娘没意见，赶紧把事情了了，我也少操份心。”

老邓说：“好吧。”

第二天，老邓便带着夏小光和他爹来到了老姜家里。

夏小光的身材虽然看着矮小，但很精干，他对姜小梅的爹说：“我我我，在镇上邮局是稳定工作，我们俩结婚了，不会让你操一点心。”

老姜笑了，满意地点了点头。

夏小光又说：“我我我不是打算一辈子困在邮局的，这不是我。我将来要开自己的饭店，姜小梅会做包子蒸馒头，我我可以负责收账和跑堂，我们再雇个会下面条的人，我们自己家的饭店就开起来了，你随时来吃都不用花钱。”

老姜又笑了，他说：“看不出来，你想得还挺远。”

夏小光又望着姜小梅说：“我肯定对你好，你你你放一万个心！”

老姜说：“这孩子，你慢点说，就不口吃了。”

老夏说：“小光口吃不是先天性的。小时候生一场怪病，看不及时，落下了病根。其他方面啥都不影响。”

老夏继续说：“那小子和小光没法比，纺机厂哪有邮局好？邮局是好单位，纺机厂没啥前途。”

老邓插嘴道：“你们商量个日子定下来，看看姑娘还有啥想法不？”

众人又把目光一起投向了姜小梅。

姜小梅说：“我能有啥想法，我只有一个要求。你办得到，我就同意。”

夏小光说：“你说十个、一百个要求，我我都答应。”

姜小梅说：“我爹就我这一个姑娘，我要风风光光地嫁人，不能寒碜了，给人瞧不起，我要为我爹挣个面子。”

老夏接着话茬，激动地说：“姑娘，你放心吧！一定风光大办，一辈子就结一次婚，不可能寒酸了让人笑话。”

老姜说：“到时候你结婚的时候，我为你们这对新人敲锣打鼓，我敲的锣声是我们镇上最响的。”

老邓一拍桌子道：“天大的缘分，就这么说成了。”

按风俗，夏小光的娶亲是在夜里进行的，白天回门。

下半夜三点的时候，天空还漆黑一片，他们的迎亲队伍就浩浩荡荡地从家里出发了。半夜接新娘，可不是为了省白天给看热闹的人喜钱，而是接亲越早越好，寓意生活一帆风顺，路越走越敞亮。他们一般接到新娘后，待天亮会再送女方回门。如果有人不知道习俗，中午接新娘，人们就会背后笑着议论这对新人是二婚了。

夏小光一行人穿着中式的装束，他的胸前系着大红的绣球，头上戴着礼帽，身上也穿着鲜艳的绸缎，像从古代皇城里走出的驸马。虽然是半夜，但他依然显得格外精神。他想起第一次在四季饭店看见姜小梅时的情景，这个扎着麻花辫的姑娘爽朗的笑声一下就吸引住了他，他喜欢看她站在锅边下面条时的样子，在他的眼里，姜小梅就是他的面条西施。当他知道有个潜在的竞争对手马公民时，他娶姜小梅的心变得急切起来。

夏小光浑身上下展现着王者之态，队伍的前方有八个人分别举着“囍”字和迎亲字眼的高脚木牌，队伍的中间，四个人抬着一顶花轿，轿子的后面又跟了一些抬着彩礼的人。他们走过一段路程就停下来燃放几挂鞭炮，街道上空无一人，睡梦中被惊醒的人们早已习惯了这样的声响，响声过后，空气中弥漫着浓浓的硫黄味，抬彩礼的人肩头扁担发出的吱吱呀呀的声音在夜里回荡。

这些声音一直走到老姜家门前才停下。

李玉芳是下午才知道卖冰棍的老姜姑娘出嫁的事情，她虽然也想去随份礼，但这礼显然不好去随，她今天甚至不能出现在街上，万一碰见老姜，她该以什么样的姿态去面对他，她也不知道老姜会以什么样的脸色来回应她。她觉得自己羞愧极了，真想找个地洞钻进去。想想又替儿子觉得懊悔，别人说他儿子看上了厂里的一个姑娘，她到现在不知道那个姑娘府上何处，姓甚名谁，哪里人氏，更不知脾气秉性如何。

晚上，吃完夏小光和姜小梅酒席的人对李玉芳说："你是没去看，不知道场面有多热闹，四季饭店的楼上楼下摆满了桌子，没有一个空位。吃席前，司仪在屋子中间用竹竿吊起了一颗糖垂在下面，让两个新人伸着脖子去咬糖，糖被夏小光和姜小梅同时咬在了嘴里，两个人的嘴也亲在了一起。真有意思，我们好多人都瞧见哩。"

李玉芳嘴上"哦"了一声，心里却像水桶打翻了一般不是滋味。他把这些话原封不动地告诉了躺在床上的马公民。

马公民和他娘晚上在黑白电视上也看到了镇电视台放送的歌曲上写着"夏小光先生、姜小梅小姐新婚志喜，百年好合，永结同心"的字样。

他关了电视，躺在床上，感觉自己的胸口像被什么堵住了一样，这种感觉在他爹过世的时候有过，在他把牛看死的时候也有过，这种感觉没有任何疼痛感，如同有人把你关在封闭的房间里，抽空了氧气。

很多人在很多天后看见夏小光骑着邮局的车从街上穿过，他向路牙上玩土的小孩吹起了阵阵口哨，他的口吃丝毫不影响他能吹出一曲悠扬的乐声。

车的后座上坐着神采飞扬的姜小梅，车轮扬起的尘土引得趴在路边的一只狗对他们汪汪大叫。

第十三章

时间很快来到县技能大赛现场。

马公民所在的一车间和杨秀珍所在的三车间通过层层关卡，走到了最后比拼的现场。马公民像个跟屁虫在李卫民的身后转来转去，杨秀珍则跟在她的师傅后面帮忙打着下手。

周大发坐在台下神情自若，因为不管谁得了第一，都是属于纺机厂的。他已经在思索着如何办一场漂亮的庆祝大会。

工艺制造协会的评委们经过精准详细的比对、复核，最终一致认定纺机厂的三车间获得本次县技能大赛第一名，一车间第二名，还有个第三名落在别的厂身上。

李卫民边走下比赛台，边懊恼地说："眼力不好，就差一丝。"

马公民说："0.01 毫米？"

李卫民失望地点点头。

庆祝大会上，周大发端坐在主席台上，他的身旁除了坐着几个副厂长，还坐着一个头戴贝雷帽的人。

那个男人留着长头发，在当时很怪，特别显眼。

周大发说："为了庆祝我们纺机厂此次县级技能大赛夺魁，为了给我们厂立名扬威，我非常非常荣幸地邀请到了市著名诗人、作家、记者陈戈尔先生亲临大会现场。

"下面有请他给我们讲两句。"

说着，周大发把话筒递到陈戈尔面前。

陈戈尔随即站起身朝台下深情地鞠了一躬，披散的头发遮盖住了他的面庞，他轻轻地一甩头发后，道："感谢周总，感谢大家，感谢现在赶上的好时代，我们在这时代的洪流里齐心协力，奋勇前进，一马当先。

"自从我的一双脚踏进你们工厂大门的时候，我就被这脚下的土地深深震撼了。这里到处都洋溢着一种积极向上的精神，团结的精神；我在厂区里行走时听见机器的轰鸣声贯穿着每个角落，就像在向未来挑战发出的阵阵怒吼，这声声怒吼里凝聚着工人们的心血和期待，凝聚着周大发周总的心血和期待，这声声怒吼像一骑绝尘永远奔走在行业和时代的潮头！"

"同志们，年轻的工友们，"陈戈尔继续说，"你们朝气蓬勃的面孔就像晨曦中缓缓升起的旭日，你们梦想的种子在这里生根发芽，你们的脚步会从这里走向全国，走向世界。"

现场响起雷鸣般的掌声。

周大发接过话筒说："陈诗人的讲话太精彩了，我们再次为他的精彩讲话热烈鼓掌。"

陈戈尔重新拿过话筒，干咳了两声，道："请叫我陈戈尔。"

台下又响起雷鸣般的掌声。

周大发在掌声变得稀稀拉拉后，又接着说道：“我们不能满足于县级大赛的一等奖，我们要在未来市举行的大赛中获得一等奖，那才是真正有分量的大奖。我们不能懈怠，要锚定目标，要继续齐心努力，继续勇往直前，继续赶超比拼，继续时不我待。这四个‘继续’希望成为大家今后工作中的标尺和动力。”

李卫民在台下对马公民附耳道：“还说少了个继续。”

马公民问：“啥？”

李卫民说：“继续玩命干。”

周大发在台上说：“我告诉大家，我们纺机厂未来是要奔着上市这个目标去的，也许你们底下有很多人还不懂什么是上市，我告诉你们，企业上市以后，你们每个老职工都可以分到股权，到时候你们口袋里富得流油的时候，你们山珍海味吃着厌烦的时候，你们就会想起我周大发今天讲的这些话了，你们睡觉做梦的时候都会乐出声来。

“我的话完了。”

台下再次响起雷鸣般的掌声。

李玉芳在六一桥打听到，杨秀珍是沈东村的人，沈东村离这有五六十里地，她家有条船就歇在六一桥下。

那是条水泥挂桨船，船舱被改成了吃饭的地方，放着桌椅和长凳，船舱的后面是个极小的厨房，可以凑合炒菜和做饭。

他爹会打鱼，经常送鱼给四季饭店。

李玉芳说：“她家有三个兄弟。”

李玉芳说："她是农村户口。就是还没有访到她家有没有遗传病。"

马公民像他爹那样回道："你话真多。"

李玉芳说："你懂个屁，我再不帮你掌眼，谁给掌眼？要不改天我找个媒人去说说？"

马公民说："你就像攥着一个烫手山芋，火急火燎的。"

李玉芳神色黯然地道："我现在不知道能活多少年，我过一天少一天，我得看着你把事情做了，将来见了你爹的面，也好对他说。"

马公民看向他娘，在他爹走后，他还没有仔细端详过他娘，他发现他娘的头发白了一大片，脸上的皮肤也松弛得像一个老态龙钟的人，她的眼皮似乎一直没有力气完全撑开，本来不大的眼睛，像一直在眯着看人。

马公民说："你找吧。"

李玉芳说："老邓跟那人好像还挺熟，经常在桥下一起搭话。"

马公民问："那还找老邓？"

李玉芳连连摇头："不能再找老邓了。再找老邓，我脸都没处放了。现在见着人家，都感觉有点生分了。"

马公民问："那找谁？得嘴上有点功夫的人。"

李玉芳的大脑在高速计算，她一激动，眼前就会突然一黑，接着头又开始犯晕。她双手扶着额头走到桌边缓缓坐下，道："本来想找齐二狗，但想想不行，这人名声不好，和王芬芳两个人勾搭，还是要找个干净的人传话。"

李玉芳终于想到一个名字，她说道："我想到了，找老范，老范和你爹也有些交情，他这人虽然嘴损，但心肠不坏。"

李玉芳第二天找到老范。

老范正站在锅边赤着胸脯往锅里扔进一卷又一卷的面条，他说话像吵架，他大声说：“你说的啥话？我耳聋听不清。”

李玉芳着急地向他招手。

老范放下面条走过去，他胸脯上的肉在走路的时候也晃来晃去。

老范说：“什么话不能靠近了说？我一点都听不清。”

李玉芳说：“想请你帮个忙。”

老范问：“我能帮啥忙？”

李玉芳说：“也不是啥大忙，就是，你认识六一桥下船上的那户人家吗？”

老范说：“你是问卖鱼的老杨？”

老范来了兴致，一脸狐疑地问：“你打听他有啥想法？”

李玉芳说：“我能有啥想法。他家有一姑娘，也在我们镇上的纺机厂，我想找你去说说看。”

老范说：“哦，原来是这事。”

“你放心。”老范道，“我明天就去帮你说。”

转眼三四天过去，李玉芳终于盼来了老范。

老范走到李玉芳的鞋摊前，抬起脚，大声说：“补一下鞋跟。”

李玉芳一看老范的鞋是个平底，便说：“瞎扯啥，你的鞋一点不坏。”

老范说：“找你来扯正事，我和老杨说好了，晚上先去你家看看。”

老范说话的声音依然很大，远处的老姜不知道有没有听见，他故意把脸转了过去。

李玉芳今天在家办了一桌的菜，她一会儿让马公民站在门外，一会儿又让他在桌子前盯着飞虫，一会儿又问："几点了，咋还没到？"

在听到别人都开始爬上屋顶平台乘凉的声音传来时，老范领着老杨和杨秀珍来了。

杨秀珍白皙的皮肤和她爹粗糙得像砂纸般的皮肤在灯光下形成强烈的对比。

杨秀珍他爹搓着手，走向水池，说道："来前赶了急，手上还有鱼腥味呢。"

老范一把拉过杨爹的手说："没那么多讲究。"

几人直接落座。

其间马公民一直在望向杨秀珍，望得杨秀珍低下了头。

杨爹端起酒杯说："整这么多菜就像在过年，多浪费。

"老范介绍的人，一定要来看看。"

老范说："我啥时候给你挖过坑？我是牵个线搭个桥，成不成要看缘分。"

李玉芳说："以后你的船一来，你就上岸告诉我一声，我就给你们做饭。"

杨爹说："怎么好意思总来。"

老范这时发挥出他嘴上的功夫，说："哎，再说就太客套了，以后真成了一家人，千万别说两家话，婆家娘家都是家。"

老范望着桌上默不作声的杨秀珍说："姑娘，你也说句话，别拘束了。"

马公民这时说："我们都在纺机厂。我在一车间，她在三车间。"

杨秀珍点点头，说：“他说得对。”

马公民说：“我们经常在食堂碰见。”

杨秀珍又点点头，说：“他说得对。”

老范说：“杨爹，你看，这就是缘分。同厂，同龄，就差同脚了。”

杨爹顿时笑出了声来。

老范说：“我可不是嘴瓢，找个同厂的，一起上班下班，路上，厂里，有个急事都能互相照应，又顾家庭又顾工作，多好。”

李玉芳心里暗暗佩服老范的嘴上功夫，说：“老范说的也是我的心里话。”

杨爹也不断点头应和，就是手里不放下筷子，吃得满嘴流油。

待送走杨爹父女后，老范对李玉芳说：“这事十有八九。”

李玉芳不放心地问：“是他姑娘，还是他还有什么想法？”

老范说：“你没瞧见，杨爹这人表面看着粗，其实心比针细，这么大事回去也得商量一阵。”

李玉芳说：“她爹真能吃。”

老范说：“鸡毛蒜皮的事，可别在人面前说道，一说得黄。”

李玉芳说：“我脑子又没坏，这是说给你听的。”

老范说：“我告诉你，这时候你不舍得往外放点，谁家愿意把姑娘往你门上送？”

李玉芳说：“我懂。”

杨秀珍这边和他爹回到船上也陷入了沉思。

她爹说：“小伙看着还不错，就是不怎么说话。”

杨秀珍说：“我在厂里见过他。在食堂吃饭的时候，他一直盯着我看，怪瘆人的。”

她爹说："人那是对你有意思，不然怎么不看别人。

"他家的条件一般。

"在我们村，很多人家现在连米饭都很少吃到，穷得顿顿喝稀粥，吃锅边饼，你看镇上的人都吃白米饭。

"其实也不是为了吃，人吃啥不是过一天。

"正所谓嘴吃万丈无人知，身穿破衣狗都欺。

"也不是为了穿。

"为了户口。

"在我们农村生活，你是农村户口，你嫁到镇上就是城镇户口，就是城镇居民。"

杨秀珍问："城镇户口哪好了？"

她爹说："你看街上的人，谁家种地，谁家有田地，你住在了街上，上班又在厂里，每天干干净净地出去，干干净净地回来多好，多享福。再也不用一脚泥，一脚粪地，过苦日子。

"将来不种田也不抓鱼了，我就经常骑着车来看你。"

杨秀珍说："我想再寻思寻思。"

她爹说："没啥可寻思的，爹做主，这事你听我的。世上没有哪个爹娘推自己的子女去跳火坑。"

杨秀珍经她爹这么一通说，突然也觉得她生活的沈东村太小了，太落后，太穷苦，他们村里家家出门都是土路，晚上，路上没有灯，下雨天，深一脚浅一脚，到家裤管上准沾一摊泥巴。从村头走到村尾，穿过一些生产小组，不用半天时间。

她在家的时候看见一些农村的孩子光着晒得黝黑的身子在田地里玩耍，内心感觉到一阵凄凉和落寞，她觉得只有自己离开了农村，将来自己的孩子才会离开农村。

时间来到月底。

这天，老范一大早就敲响了李玉芳的门。

他进门就气喘吁吁地坐屋里的凳上，说："煎鸡蛋。"

李玉芳高兴地问："是来报喜的？"

老范说："煎六个鸡蛋。"

李玉芳一听，心里稍稍一沉，嘴上说："好。"

老范说："我要三个咸的，三个甜的。"

李玉芳问："哪有人这么吃的？"

老范跷着腿说："你快煎吧，早上为了你家的事跑来跑去，我的肚皮都跑瘪了。"

李玉芳笑得前仰后合，一会儿工夫就端上来六个鸡蛋。

她坐在老范的对面，望着老范把第一个、第二个、第三个、第四个鸡蛋，都不停顿地送入嘴里，着急地说道："那姑娘家咋说？"

老范的第五个鸡蛋和第六个鸡蛋都被他一口包在了嘴里，他的嘴唇和嘴角止不住地往外渗油，他鼓起的腮帮子憋得让他说不出话来。

李玉芳见状赶紧给他倒了一杯茶推到他面前。

她说："大兄弟，你慢点吃。"

老范接过杯子猛灌进一口凉茶，把嘴里和喉咙里的鸡蛋一起冲进胃里，他长吁了一口气，不一会儿，饱嗝声也随即响了起来。

老范道："差点噎死。"

李玉芳见老范吃完了鸡蛋，说："你的胃真不小哩，六个鸡蛋，一眨眼的工夫就没了。"

老范说："我可不是来白吃你的鸡蛋的。杨爹让我来传话，他同意就是姑娘同意，你们该准备的准备，挑个日子。"

李玉芳心头的迷雾终于被这句话彻底拨开，她随即又有些忐忑地问道："那女方一点要求没提？"

老范说："姑娘就提了要台缝纫机，其他啥话没说。"

李玉芳一听高兴万分。

马公民和杨秀珍结婚前，李玉芳请了几个泥瓦匠在屋顶平台上的半边盖起了一间房，当作了他们的婚房。他们的婚礼没有像姜小梅和夏小光办得那么热闹。

杨秀珍是穿着一身红衣，乘着他爹的船过来的。

也是夜里，街上没啥人。

她爹说，白天回门回娘家太远，有点不太方便，干脆就回船上坐一会儿，就算回门了。后面想回娘家，随时再回去。

李玉芳没有说话。

马公民一个人悄悄地来到了他爹的坟前，他爹的坟前比上次见又多了些草和树枝。他走上前把那些草拔掉后，又把树枝踩断，扔到旁边的沟里。他跪在坟前点上黄纸后说："爹，我来看你了。有件事我想告诉你，我没有和姜小梅好，姜小梅嫁给了夏小光，就是以前和你在六一桥卖豆腐脑老夏的儿子夏小光。

"我认识了一个叫杨秀珍的姑娘，是沈东村的，你指定不认识，但你应该知道沈东村。

"爹，你不会反对我的做法吧。

"爹，我知道你又要开始跟我说我当初学兽医的那些事了，我知道你不是真想骂我，而是想让我好好过日子。

"爹，我说了这么多，你应该听懂了吧。"

第十四章

马公民新婚当天送完亲属后疲惫地走进房间，他看见杨秀珍躺在床上的身姿像一朵安静的睡莲，又像一只温驯的绵羊，杨秀珍的一头长发垂到了丰润的臀部。马公民的身体顿时变得燥热起来。

他一股脑地脱完衣服后刚想上床，听见杨秀珍在薄薄的被窝里轻声道："把灯关了。"

马公民光着屁股去关灯的时候，杨秀珍又轻声说："把窗帘也拉上吧。"

狡黠的月光透过窗帘的细缝处偷偷钻进小屋里，在白色墙面的贴画上，在干净的水泥地上，在薄薄的红色棉被上，在马公民粗犷的身体上，都留下了它脚步轻轻的掠影。

马公民借着微弱的光亮慢慢地靠近床边，躺下身随意看着漆黑的天花板和灯罩，假装放松地说："今天真是累坏了，终于把人都打发走了。"

杨秀珍没有说话，她的身体像刺猬一般蜷缩着。

马公民转过身，笨手笨脚地伸过手环抱住杨秀珍的身体，杨秀珍的身体也在不由自主地回应他，就在杨秀珍翻身的时候，她摸到了床单下的一块硬的东西硌得慌，她坐起来掀开床垫，赫然看见在床单下面铺着一块崭新的白布，她瞬间明白了怎么回事，满腔怒火地问道："是你娘的馊主意？"

马公民的眼睛在望向别处，不以为意地道："她也没跟我说，别大惊小怪。"

杨秀珍怒气冲冲地问："你娘是不是有病？"

马公民说："别胡说八道。"

杨秀珍说："你看你娘做的这些事。"

说着，她把床单下的白布抽出来，揉成一团，朝马公民脸上甩去，并把他推到外面，说："今天你和你娘睡，我一个人睡，算惩罚你。"

马公民不情愿地从楼上走下来，他走下来的声音吵醒了在楼下屋里睡觉的李玉芳。

李玉芳开门看见马公民，问道："这么晚不睡，去哪？"

马公民朝他娘冷哼了一声，道："洗澡。"

他娘立马明白怎么回事，便恨铁不成钢地道："没出息。"说完又去里屋睡觉去了。

他走到水池边，脱去衣服，从水缸里舀起一大瓢水从头淋到脚。他感觉冲在他皮肤上的水并没有冲散他身体里的燥热，等他再重新回到床上躺下时，杨秀珍已进入了梦乡。

半夜的时候，杨秀珍感觉有具热乎乎的身体压在自己的身上，让她有点喘不过气，她睁开惺忪的睡眼看见是马公民，然后又无奈地闭起了眼睛。接着，她感觉到了身体一阵前所未有的刺痛，让她叫出了声。

马公民白天回想起夜里发生的事情，就像自己的身体突然滚进了一个火炉，浑身奇烫无比，杨秀珍就是那团让他剧烈滚烫的火。

他也曾在心底暗暗想过，姜小梅的身体应该也像个火炉，也让夏小光滚烫过。

李玉芳自从儿子结婚后经常坐在大门外的石阶上自言自语："娶了媳妇忘了娘，老话真是一点不假。"

她说这句话的时候没仔细回想回想，哪个娘不是从媳妇走过来的。

但她觉得马公民娶了杨秀珍后就像变成一个仆人奴才一般，他媳妇叫他往东走，他往东走，他媳妇叫他往西走，他往西走。

李玉芳坐在门口的石阶上说："他媳妇叫他去沟里，他也要往沟里走。"

杨秀珍说："我累了，你给我捶捶背。"

马公民就赶紧走到她身边蹲下来。

杨秀珍说："我脚疼了，你再给我捏捏脚。"

马公民又走到她脚边蹲下来。

他娘在石阶上又说："你们都看到了吧，没有他媳妇在，他都活不下去。"

杨秀珍怀孕的那段时间身体反应比较大，她想要喝点粥，马公民他娘就整天煮点饭。她想要吃面条，他娘就只会熬粥。

杨秀珍半夜突然对马公民说："弄点牛肉来吃吃。"

马公民立即穿起衣服就要出门，被亮灯走出屋外的李玉芳叫住，他娘说："这大半夜的，出去干甚？"

马公民手指楼上，道："去买牛肉。"

他娘生气地说："这半夜去哪买牛肉，你去乡下田里给她牵头牛回来。"

杨秀珍过了两天说："去弄些红烧猪肘子来啃啃。"

他娘又拦住了，说："怀孕的人更不能吃猪肘，吃了体寒。"

杨秀珍说："不弄猪肘弄点猪排也行。"

他娘说："你快牵头猪给她吧。"

杨秀珍走在大街上，这个时候她的肚子还没开始显出形状来，她经过四季饭店，看见一个女人站在一口大锅旁熟练地往锅里扔着雪白的面条，往锅旁的碗里倒入肉汤，再洒上蒜花，顿时勾起了她肚里的馋虫。她坐在门外的凳子上，对着跑堂的人要了碗面条。

下面条的女人打量了杨秀珍半天，说："我见过你，你是马公民的女人。"

杨秀珍用手帕擦了下嘴，抬起头惊讶地说："我不认识你。"

下面条的女人说："我还知道你和马公民现在住在他家平台上盖起的房子里。

"我叫姜小梅。我爹是卖冰棍的老姜，现在我在这又做包子又下面条。"

杨秀珍望着面前这个和她年纪差不多，但身材却显得比她胖的女人说："我不认识你。"

姜小梅说："我的丈夫叫夏小光，是镇上的邮递员。我没有和我丈夫好的时候，我和你丈夫好，他给我买过瓜子，买过话梅。

“我没有看走眼我现在的丈夫。马公民和我逛街的时候是把瓜子放在我口袋里让我自己嗑，夏小光和我逛街时，总是把瓜子嗑好了以后，把瓜子仁放在手心里攒起来捧给我。”

杨秀珍怒气冲冲地一路走回家，到家一脚就踢开了门，门晃动的声音吓了马公民一跳。

马公民说：“谁招你了？”

杨秀珍说：“四季饭店的姜小梅。

“她对我说了一些难听的话，我的脸都丢尽了，我不能动气，你也去对她说些难听的话，让她的脸也丢尽。”

马公民坐着没动。

杨秀珍又问了一遍，说：“你到底去不去？

“你快去，现在就去。”

马公民来到街上，他看见姜小梅站在锅旁，她的头发依然像他第一次看见时那样，用一根橡皮筋束在脑后，她娴熟的身影在左摆右动，马公民等她差不多快忙完了才走过去说：“姜小梅，你出来一下，我有话对你说。”

姜小梅看到马公民并没有感觉到惊讶。

马公民说：“你看着比以前胖了。”

姜小梅得意地说：“我丈夫夏小光天天下午给我送东西来吃，我想不胖都不行。”

正在姜小梅说话的时候，夏小光送完信过来了，他故意把车停在马公民身边。

他说：“你来做什么？”

马公民解释说：“我是想来跟姜小梅说下，以后别对杨秀珍说难听的话。”

姜小梅说：“我说什么了？你让她自己来跟我说。”

姜小梅不屑地道：“看不出，她可真有点小肚鸡肠。”

马公民说：“总之，她现在怀着孕哩，你少说点刺激的话，陈年往事没必要再拿出来摆了。”

夏小光说：“怀着孕咋了，我们家小梅也怀着孕呢，马上都准备要生了！

“你说的那些陈皮烂谷子的事，我一丁点都不感兴趣，你赶紧走吧。”

马公民说：“总之，你们以后少说点难听的话。”

第十五章

进入秋天的时候，纺机厂迎来了市级的技能大赛。

由于上次县级比赛李卫民的失误，按照周大发的计划，马公民所在的一车间合并给了三车间。李卫民心里虽然一百个、一千个、一万个不乐意，但他嘴上也不能说，谁让他临场老眼昏花了，技短只好认命。

李卫民说，他们车间要引进一个高级人才，用周大发开会时说的话，叫储备年轻干部。

李卫民说："听说是从省城挖来的，不知道是块多大的宝，多亮的玉。"

马公民说："为什么不从厂里的这些人中直接培养？"

李卫民说："你文化水平多高？你是大学生吗？"

马公民泄气地摇了摇头。

没过几天，马公民所在的车间来了一张年轻的面孔，他向大家介绍，说自己叫何建军，他斯斯文文的样子，看着和马公民差不多年纪，一身西服上下没有一点污迹，崭新的皮鞋透着亮光，马公民望了一眼自己脚上的绿色胶鞋，眼里顿时黯然无光。

全车间的人几乎都涌向这个年轻人身边，省城在他们眼里就像是仅次于首都北京和上海的地方，那是一个街道繁华、遍地高楼、夜晚灯火通明、橱窗商品琳琅满目的地方。他们的目光像放大镜一样，把这个叫何建军的男人浑身上下每一处细节都仔细打量了一番，从他整齐的头发、干净的衬衫和光亮的皮鞋上找出了城里人的标志。看完以后，他们对他投去的目光就像是站在平地上仰着头看高楼上的人一般。

周大发又在厂干部会上宣布了何建军任一三合并车间的总工程师。

这让李卫民心里很不得劲，他对马公民说："老子干了几十年，经验这么丰富，厂里居然让一个毛头小子骑我头上拉屎。"

李卫民说："找个资格比我老，能耐比我大的，我没二话，但是找个小年轻压我，我不服。"

何建军每次把要加工的样品拿到李卫民面前，李卫民都会说："放那等会吧。"

这一等就没了下文。

何建军来催，李卫民不耐烦地说道："叫我徒弟给你弄。"

李卫民说："我要干了，不就承认自己矮了一截吗，我不好亲自动手。"

何建军说："这可是做样品，要送去过检的。没到量产。"

李卫民说："咋的，你瞧不起我带出的徒弟？"

何建军气冲冲地不再说话。

李卫民大手一甩，面朝马公民："你上！"

马公民望着复杂烦琐的加工图纸，手里半天没动换。

李卫民骂："你这个笨蛋，全白学了。"说完，发动了机床。

周大发把李卫民叫去谈话。

他关心地说："我听说你最近工作中有点情绪。"

他继续说："我知道病根出在何建军身上。

"老李，我们厂要想发展得更好，做得更大，不能只顾眼前，不能老马拉车，慢吞吞，止步不前，我们要大力培养年轻干部。"

"但是……"周大发说，"也要依靠好你们这些老师傅，你们可都是厂里珍贵的瑰宝，没你们保驾护航，船行不稳，你们千万要帮把好舵。"

李卫民激动地说："我可不敢抢别人的舵，船长让我往南极开，我绝不往北极去。"

周大发无奈地说："老李，你真是头犟驴。"

市技能大赛现场。

这次比赛的规模要远远超过上次县比赛规模，市里有名号的机械厂都来了。何建军作为纺机厂的代表，出现在比赛台上。

主持人说："本次大赛坚持创新引领、公平公正的原则，将进行理论和实操两项竞赛，评委将按照参赛选手在实操过程中的操作规范、技术熟练程度、完成速度，进行综合评分，选出第一名、第二名和第三名。第一名奖励现金一千元，第二名五百元，第三名三百元。"

主持人话音落下，选手们鼓起了掌。

通过理论比赛后，何建军进入实操比赛。

他不慌不忙地带上护目镜，调整好衣领，站到车床边上。随着一声“开始”，他将一根三十厘米长的工件夹紧在卡盘上，随着时间的流逝，眨眼间，工件只剩了十厘米在卡盘上飞速地旋转着，像一个陀螺。何建军不断地变换着手的姿势，工件被车削出的金属碎末在他的眼前极速地飞舞……

主持人紧张地说：“这真是分秒必争的时刻！

“这真是考验耐心的时刻！

“这真是展现毅力的时刻！

“这真是展现准度的时刻！

“这真是见证奇迹的时刻！”

随着他的话音再次落下，何建军也第一个停下了车床。他把工件从夹盘上取了下来，用游标卡尺反复测量了一番，随即脱下手套，取下面罩。

主持人兴奋地说：“纺机厂的代表同志已经率先完成！”

接着他又说：“我又看见有第二位同志也完成了。

“哦，第三位也完成了。

“你们真是太棒了！”

众评委走上前仔细检查了前三名完成的工件情况，完成的精度、时间，他们一阵低声讨论后安静了下来。

主持人说：“下面，有请我市工会梁主席上台宣布比赛结果，我们热烈欢迎！”

梁主席走上台的时候，肚上堆积的肉挡住了脚下的路，他走上颁奖台的每步台阶都显得小心翼翼十分缓慢。

梁主席缓缓走到发言席，打开手中的卡片说："经过激烈的角逐竞争，我宣布！市技能大赛的一等奖的得主是……

"纺机厂！"

他大声念道。

台下掌声一片。

随后，他又宣布了二等奖和三等奖。

梁主席说："你们安静点，我要说几句。

"这次市举办的技能大赛让我看到了本市机床工人的实操水平和奋发向上的职业精神，这是一种劳模精神、工匠精神，我希望你们这些企业回去后要紧紧抓住这些人才，继续弘扬这种精神，继续挖掘和培育出一批技术精湛的、高素质的技能型人才队伍，为我市的发展建设，为省，乃至为国家的发展建设做出积极贡献。"

何建军的夺魁让周大发的心里乐开了花，起初李卫民的牢骚还差点让他有点怀疑何建军的能力，现在他一点也不怀疑了，他在心里暗骂李卫民真是一头犟得不开窍的驴。他要召开一个全厂大会，好好地表扬一下何建军。

庆祝大会上，陈戈尔又被邀请来了，只不过这次他坐在了何建军旁边。何建军旁边坐着周大发。

周大发严肃地说："何建军同志刚来我们厂的时候，我们厂有些同志居功自傲，整日睡在功劳簿上，处处小肚鸡肠。这次小何同志在市技能大赛上一举夺魁，为我厂争了光，梁主席临走时又亲自表扬了我们厂，这是多大的荣耀啊！

"我希望我们有些老同志不要摆老资格，把好年轻人的舵，让他们走在前列，特别是合并的一车间和三车间。"

台下李卫民的脸色铁青。

周大发说："下面请小何同志讲两句。"

何建军摆正了话筒，道："我这人不太爱说话，还是领导们说吧。"

周大发示意陈诗人说。

陈诗人拿过话筒，说："纺机厂在市技能大赛一举夺魁的消息，我当日回去就进行了编写，发表在了我市的日报上，我要对你们表示祝贺！这是属于纺机厂的集体荣誉。

"好像每次我踏进你们纺机厂都有好事在发生，我想现场作首诗送给你们。"

春天浇灌汗水
秋天收获硕果
多年艰辛求索
不负锦绣前程

曾经风雨磨难
坎坷相扶不弃
待看日新月异
再创伟业辉煌

追着阳光飞翔
迎着大海破浪
前进歌声高昂
人人充满力量

陈诗人激情慷慨的现场演讲令周大发激动无比，他抢过话筒，把音量调到最大，道：“我太激动了！这真是激动人心的时刻，这是了不起的诗人，了不起的诗，在赞美我们了不起的企业！”

庆祝大会在周大发震耳欲聋的讲话声中，在几个重重的“了不起”之下，落下帷幕。

第十六章

生完孩子的杨秀珍刚回到厂里就听到几个年轻的姑娘在一起议论何建军。这些姑娘说起何建军几个字，脸上都浮起了一朵朵红晕。杨秀珍顿时也对这个新来的何建军充满了兴致。

一个姑娘说："何建军就在三车间办公室，他现在可了不得，自从上次市技能大赛获得了一等奖，周大发把他捧得高高的。"

"是啊，是啊。"另一个姑娘接着说道，"何建军这个人不简单，又有技术，又有模样。"

杨秀珍笑着说:"好机会都让给你们了。"随后快步走进三车间。

第一天她并没有遇见何建军。

第二天也没有遇见。

何建军陪周总去了外地进设备。

第四天，何建军在车间巡视的时候，当他走到厂区门口时，和杨秀珍迎面相撞。

何建军惊讶地叫道："是你？"

杨秀珍也抬起头，随后更惊讶得叫出声："何小军。"

何建军说："我现在叫何建军。"

杨秀珍说："名改了，人没变。"

何建军说："你也没变化。"

杨秀珍说："我变化老大了。我都结婚了，都当妈了。"

何建军的表情一下变得落寞，一下变得忧郁，他说："这么快？啥时候的事？"

杨秀珍说："别说我了，说说你吧。当年，咱们初中毕业以后，你就去了省城，一直也没你的消息，想不到在这能遇着你，想不到我们还能同厂，太多的想不到，真是缘分。我一回来就听厂里的姑娘说了，你现在风光得很，他们特别崇拜你。"

何建军说："我习惯了独来独往。"

"我估计……"杨秀珍笑着说道，"你一声令下，她们得争先恐后地来报名当你老婆。"

何建军问："你在哪个车间？"

杨秀珍说："我就在三车间。"

何建军说："那太好了，我就负责三车间，还有一车间。"

杨秀珍说："我的丈夫在一车间。"

杨秀珍在三车间工作的时候，何建军经常跑到她身边和她说话，引得和杨秀珍一起工作的几个姑娘忌妒不已。

马公民在一车间里听跑过来的人说，他媳妇跟新来的高级技工何建军走得很近，经常把手里的活撂在一边，和他坐在一起聊天。

他们对马公民说："你也去看看吧，小心被人挖墙脚。"

马公民手上忙着活，头也不抬地说："知道了。"

一会儿又有人来寻他的开心，道："你也不去三车间看看，你的心可真大。"

马公民说："有什么事不能回去说。"

那人伸了个长长的懒腰走了出去。

李卫民在一旁道："活不忙，你想去看看就去看看。反正我对那小子没有好印象。"

马公民嘴上虽然说着知道，腿上却不行动。

不一会儿，有人又跑来对马公民说："你媳妇在三车间里和另一个女人吵起来啦，你去看看吧！"

马公民说："知道了，还有点活，快了。"

见马公民一点也不着急，工友说："听说何建军去帮你媳妇了。"

马公民立即放下手里的活，关了机床，大步向杨秀珍的车间走去。

马公民走进车间的时候看见一大群人围在一起，他拨开人群看见杨秀珍正和一个女人缠在一起，她们低垂着头各自抓着对方的头发，马公民看出杨秀珍比较吃亏，因为那个女人是个短头发，她是长头发。

马公民上去将她们扯开。

杨秀珍说："刚才这个泼妇打了我一巴掌，你给我还她一个巴掌。"

马公民按着杨秀珍的手小声地说："好啦，你不嫌丢人，我还嫌丢人哩。"

杨秀珍推开他的手，道："你到底打不打？

“你到底像不像个男人？

“你打了坐牢，我为你守寡。”

短发女人扬扬自得地说：“你丈夫敢动吗？借他十个胆，他也不敢动手。”

她傲娇地说道：“你们知道我是谁吗？

“周大发！你们知道吗，这个厂厂长，也是我的哥哥。

“你们打了我，就是打了周大发周总的脸，你们还想在这继续干下去吗？

“我一生气，一跺脚，你们得立马卷铺盖走人。

“告诉你们！现在，我就生气了，你们，立刻，马上，在我眼前消失！”

还没等她得意完，她说的最后一个字刚脱口，一个响亮的耳光在她左脸颊上顿时留下了五道指印。短发女愣愣地怔在原地，回过神来才看见是何建军。

她抚摩着发烫的半边脸，破口大骂道：“何建军，怎么是你这个浑蛋？你这个浑蛋！你算哪根葱！你凭什么出头！你以为你是从省城请来的，你就了不起吗？你以为你帮厂里拿过第一名，你就了不起吗？告诉你，我就不稀罕你！我今天非要让我哥开除了你！”

短发女边哭边往车间外走，她在迈出车间大门的时候转身对马公民讥讽地叫道：“我看何建军才是杨秀珍真正的男人吧，你顶多就是个冒牌货！”

围观的工友们笑出了声。

马公民脸上复杂的表情在一瞬间千变万化。他似乎在强忍着没有发作，他看见杨秀珍的眼神里充满了对何建军的感激之情，这样的感激之情令他无比愤怒。

晚上回到家，受了窝囊气的马公民气急败坏地对杨秀珍说："那个何建军究竟是什么人？你和他究竟是什么关系？"

杨秀珍听见他用审讯般的口吻和自己说话，便没好气地道："你应该先问问那个泼妇为什么和我动手。"

马公民说："为什么？"

杨秀珍说："那个女人嚣张跋扈惯了，经常到我们三车间来耀武扬威，我们一些女工对她是又恨又怕，我可不听她使唤。

"没见过你这样的男人，被一个女人吓得屁都不敢放。

"我让你上去打她，你为什么不打？"

马公民说："我打了她，我就会被处分被下岗，被处分下岗了就没有工资收入，没有工资收入就得把裤带勒起来过日子。再说，你们是两个女人打架，一比一，很公平，我能掺和吗？

"况且当时那么多人在看着。"

杨秀珍说："你就是一个缩头乌龟！"

马公民说："还有什么话？你继续骂，尽情地骂，别憋在心里。"

杨秀珍说："别人都欺负到你头上了，你还装着若无其事，你不是乌龟王八蛋，是什么？"

马公民说："骂得好，但我不能被你的话气死了，让你们逍遥快活。"

杨秀珍说："你话里有话，我不明白。"

马公民说："还要怎么说清楚，光天化日之下，多少双眼睛看得一清二楚。

"姓何的为什么不帮别人，只帮你，只对你好，难道还要我说得再明白些吗？”

杨秀珍说：“放你的屁！”

自从何建军在厂里打了短发女一个耳光后，她天天在周大发面前告何建军的状。

她说：“天底下，技术好的人多得是，年轻的人也多得是，我们为什么非要在何建军一棵树上吊死？

“就算要吊死，也不能在他这棵树上吊死。

“我是啥身份，我是纺机厂厂长的妹妹，我居然被厂里的一个职工打了，这传出去多丢脸。

“哥，你是啥身份，你是一个大厂的一把手。这丢的可不是我一个人的脸，也是你的脸，也是整个厂的脸。

“把何建军开除了吧，这人不能用，这人在厂里借着自己技术高超，借着自己帮厂里夺过第一，就开始搞男女关系。

“那个杨秀珍，她是有丈夫的人，她丈夫从一车间过来，连个屁都没放。何建军，他凭什么放屁，他有什么资格放屁！”

周大发点燃了烟，在烟雾中说：“你说的情况，我知道了，让我想想。”

他妹妹说：“哥，我的好哥。还想啥，是脸面重要还是人才重要，你掂量掂量。”

周大发本来觉得这是件小事，但打的是他妹妹，似乎又是件大事。其实想想也不是件大事，就是一个巴掌的事，疼不了几天，他妹妹就该忘记了。只是想不到他妹妹一直揪着这事不放，更想不到，他妹妹刚才说的一席话说进了他心里。是啊，周大发心想，一巴掌事是小，但传出去丢了他的脸面，事可大了，他可是个非常要脸面和名声的人。

一番思索后，他想到一个万全之策。

何建军走进办公室后，周大发显得比以往热情，他说道：“没别的事，就想和你谈谈心。”

周大发拐着弯说：“我们厂也算是个老厂了，能走到今天确实不容易。能走到今天靠的不仅是一直以来的技术创新，最主要的还是工人们的团结凝聚力。这种团结凝聚力形成了良好的工作氛围，这么多年，我们厂从来没发生过不良事件。

“你来我们厂时间不算长，可能你还没有感受到这种氛围。但你对厂里做出的贡献，大家是有目共睹的，我也是非常认可的。”

何建军已经明白了，周大发今天想说什么，下面的讲话应该是开始转折了。

周大发说：“你还年轻，有些方面可能过于冲动。但是，你不应该动手，动手的影响太坏了。现在全厂都知道，你为杨秀珍动了手打了人。”

何建军说：“周总，您别绕弯子了，直接点说吧，就为一个耳光的事？”

周大发说：“耳光是个小事，但反映出的问题却是个大事。”

何建军说：“我明白了。”

周大发问：“你明白什么了？”

何建军说：“我明白我应该走人了。”

周大发说：“我不是这个意思。”

何建军说：“周总，你不用解释了，谁都不傻。”

周大发说：“那我就打开天窗说亮话，其实耳光只是一方面的事，还有另一方面的事。”

何建军问：“还有什么事？”

周大发说：“还有人说你和已婚妇女勾搭，作风败坏，道德败坏。”

何建军说：“全没影的事。”

周大发说：“一直有人跑我办公室来说，都被我骂回去了。

“但悠悠众口难堵，就像决堤的大坝。”

何建军说：“周总，你不要说了，我懂了。”

就这样，何建军离开了周大发的办公室。

周大发望着何建军离去的背影，感叹地说起一段自己改编的唱词：“痛失良才非我意，马谡不斩乱军心，自古帝王多绝情，唯有吾还念旧谊。胸中纵有千般苦，他人面前作坚强，脸面名声堪比金，世间万人代代传。”

第十七章

马公民的儿子长到五岁的时候，终于长出了马公民的基因。马公民在他的脸上找到了自己的额头、眼睛和牙齿，马公民还发现他的儿子越长越像他爹马三斤，他娘说有可能是隔代遗传，也有可能是他爹转世投的胎。

杨秀珍说："你娘年纪一大，爱胡说八道。"

因为是在冬天生的，马公民给他取名叫马冬冬。杨秀珍问他为什么不叫马冬，而叫马冬冬，马公民说以前他上学的时候他们班上有个傻子叫马冬，他儿子的名字不能和那个傻子重名，要比他多一个字。

"还有……"马公民说，"马冬冬这名字越听越有力量，就像泉水的声音，又像敲门的声音。"

马公民走路总驼着背，他的儿子走路也学他驼着背。马公民把他带去澡堂，又带去兽医站，认识马公民的人都会说一句和当年说给他爹一样的话：“爷俩像一个模子印出来的。”

马公民对他儿子说：“你的名字叫马冬冬，你知道吗？马冬冬就是你一生的名字。”

马冬冬仰起头问：“爸爸，什么是一生？”

马公民说：“你别管一生是什么，你就知道你叫马冬冬就行了。

“你的爷爷叫马三斤，你念一遍。”

马冬冬念：“马……三……近。”

马公民说：“你的奶奶叫李玉芳，你念一遍。”

马冬冬念：“李……鱼……芳。”

马公民说：“你的妈妈叫杨秀珍，你念一遍。

“等等……

“她的名字暂时不念，你先念最重要的名字。”

马冬冬问：“谁是最重要的名字？”

马公民说：“你爸爸，你老子，你爹的名字。

“你爸爸的名字叫马公民。”

马冬冬继续拉着长音调念：“马……公……敏。”

马公民生气地说：“是民不是敏，你再念一遍我听听。”

马冬冬又继续念：“马……共……民。”

“这回民念对了，公又念错了。”马公民说，“算啦，现在，你念下自己的名字。”

“马冬冬。”马冬冬高声叫道。

马公民满意地说：“你会写自己的名字吗？”

随后，他又说：“你还小，你现在肯定不会写自己的名字，爸爸像你这么大的时候也不会写自己的名字。”

马公民把他儿子抱坐在他自行车前的车杠上，让他的双手扶住车把，他骑上车把他夹在怀里，他们骑过大街，骑过超市，骑过澡堂，骑过六一桥，骑过华光大桥，骑过车站，骑过田地，骑过河边，骑到马公民以前自己都没有到过的地方。

车杠上的马冬冬抓着车把在马公民的怀里大声地欢呼，像一只小鸟。

马公民自行车的前轮在乡间小路上蛇形游走。

马公民用力稳住车，说："你快坐好了，不要像个鸭子一样动来动去。"

马冬冬看见远处天边飞翔的小鸟惊叫："爸爸，快看，飞机。"

马公民扫都没扫一眼，直视着前方的路说："笨蛋，那是只鸟，爸爸也没坐过飞机。"

马冬冬问："怎么电视里的飞机都只有鸟这么大哩？"

马公民一边吃力地蹬着车，一边气喘如牛地说道："电视是电视，我说了你现在也不懂。"

马冬冬又看见了一只大鸟，蹦起身兴奋地大叫："爸爸，快看，一只大鸟。"

马公民抬起手凿了下马冬冬的后脑勺，生气地说道："笨蛋，跟你说了，别乱动，再乱动，我们都要摔进沟里。"

他抬起头望了一眼天空，道："是爸爸说错了，这次不是鸟了，确实是飞机，是个小飞机。"

马冬冬失落地望着头顶上方的飞机越飞越远，最后和天空融合在一起，他曾多少次希望飞机飞慢点，在他的头顶上停下来。

杨秀珍现在不管把马冬冬带到哪，别人都会对她说："这马冬冬就是个小号的马公民。”

听到这些话，她的内心一点都喜悦不起来。她可不想儿子长大以后变成马公民那般，不善言辞，胆小如鼠，所以只要一有时间，她就经常带马冬冬到各个朋友家串门。但马公民的娘李玉芳可不这么想，每次当她在房间里听见杨秀珍又把孩子带出去后，她都会在她走后，悄悄地和马公民说："到处串门，自己的家就不如别人家好？"

婚后这几年，杨秀珍越发觉得马公民沉默冷峻的表情是那样的无趣，埋头做事情的样子是那样让人厌恶，他就和车间的那些机床一样，在漫长的岁月中只会重复做着一件相同的事情，这件事情的终点就是退休和老去。特别是，她发现马公民一个朋友也没有，他自己没有朋友也不允许杨秀珍有朋友。只要晚上见杨秀珍不在家，他就开始挨个到她不同的朋友家中打听，直至找到杨秀珍在哪个朋友家闲聊，他才放下心来。

杨秀珍觉得，虽然自己当初为了一个城镇户口嫁给了马公民，但如今有了城镇户口，却并没有过上想象中的好生活。城镇户口就像一件衣服上的标签一样，今天可以粘着，明天也可以撕掉。

马公民找到了杨秀珍的朋友家也不进去，就背靠着墙根站在门口，杨秀珍的朋友再三邀请让他进屋坐会，他嘿嘿笑过之后便在门外的台阶旁半蹲下来吧嗒吧嗒抽起烟，屋内人说话的兴致顿无，令杨秀珍倍感难堪。

朋友说："秀珍，快跟你丈夫回去吧。"

杨秀珍对马公民说："走可以，但我有一句话要说。"

马公民问："啥话？"

杨秀珍说："以后别像特务一样跟踪我。"

杨秀珍还不忘提醒马冬冬："学谁都行，千万别学你爸。"

马公民的娘李玉芳虽然年纪大了，眼睛看东西开始越来越模糊了，看东西时，要把东西放到眼前盯着看才能看分清，但是她耳朵却变得更灵敏了。

她就像一个安在家里的移动摄像头，当杨秀珍有朋友来了，她就假装出门锻炼身体，刚走出巷子没有几步远，又轻手轻脚地折回头，附耳在房间的窗户外，偷听他们说话的内容，等杨秀珍不在家时，再悄悄地告诉马公民。

他娘说："都是些不好好过日子的人，三五天就凑在一起。"

杨秀珍对马公民说："你娘鬼鬼祟祟的，和你一样。你娘像个老特务。

"你娘脑子有问题。"

马公民说："你才脑子有问题，我娘身体好得很，活到九十九都没问题。"

杨秀珍说："你跟她说，就说是我说的，以后想听我们说话，光明正大地听。

"谁还没几个朋友？"

李玉芳知道后，对马公民说："朋友拖朋友下水的事情多了，朋友害朋友性命的事情多了，朋友骗朋友钱财的事情多了，朋友抢朋友男人的事情也多了，你告诉她，我吃过的盐比她走过的路都多，我能害你们不成？"

"哪个当娘的不是盼自己的孩子好？都是为了你们好，为你好，我怎么生了你这个傻瓜木瓜笨瓜。"李玉芳用扫帚连续敲打着马公民的腿，目光中带着愠怒说道。马公民看见她说话时流到嘴角的口水又被吸了回去。

杨秀珍走在大街上，经过四季饭店，看见饭店里面在重新装修。

姜小梅灰头土脸地拿着一把大扫帚从里面走了出来，她看见杨秀珍后，先是一愣，接着把扫帚扔在一边，又抖去身上的尘土，拍拍自己的衣袖，扬起的灰尘飘向了杨秀珍。

姜小梅肥胖的身体站在灰尘里，纹丝不动。她一脸自豪地说："现在这里不叫四季饭店了，叫小梅饭店。是以我名字命名的饭店。

"我和我丈夫正在把这里重新装修，这里将变成镇上装修最漂亮的一家饭店。

"我们算了下，总共要投资十万块钱呢，那可是一大笔钱。

"我们饭店欢迎天下宾客，就是不欢迎你们。

"就算你们倒贴钱，我们也不欢迎你们。"

姜小梅一口气说完这些话。

杨秀珍看到他们门口牌子上的字都贴错了，她说："你们还开饭店，你们把'欢迎莅临'写成了'欢迎位临'，你们隆重开业正好可以告诉别人，你们是一对文盲。"

杨秀珍说完就气冲冲地走了。她回家和马公民说起姜小梅和夏小光开饭店的事情，马公民一点反应也没有。

杨秀珍说："你怎么一个屁也没有？

"你看开个饭店把他们能的，都不知道自己姓啥排行老几了。就他们那样的人，开不到一年半载就得关张。"

马公民说话了："你就不能说人两句好话。"

杨秀珍说："我说好话？你忘了当年我怀着身孕的时候，她说什么风凉话了？

“你是好了伤疤忘了疼，以后他们的饭店，我们一次也不要去。

“我和她水火不容。”

马公民压低嗓门道：“你就少说两句吧。”

第十八章

在马冬冬家住的这一片巷子，有一个儿童军团长叫田莎莎。她是儿童军团里的老大。所谓的儿童军团，就是这一片巷子里所有聚集的孩童的称谓。

田莎莎上完小学六年级就辍学在家了。她妈在她很小的时候就离家出走了，她甚至对她妈没一点印象，她的爸爸田彪酗酒、赌博，经常夜不归宿，可以说田莎莎是爷爷奶奶拉扯大的。

他们对田莎莎疏于管教，也无法管教，他们年迈的腿脚已经跟不上这个孙女的脚步。他们苍老的呼喊也无法困住她的心。在辍学之后的几年光阴里，她像条游鱼一般整天穿梭在大街上的歌舞厅里，和一些浓妆艳抹的女人勾搭在一起。她隆起的胸脯令很多初次看见她的人不敢相信眼前这个女孩还只是十七八岁的姑娘，田莎莎成熟的外表让人忽略了她本身的年龄。

田莎莎的爸爸田彪早几年因为打架斗殴在大街上被押在车上游

行，他们把她爸的双手反锁在身后，让他站在游车上，他爸的头被公安的手按得低了下去，但是他爸依然像没事人一样，用很尖的嗓子朝人群中他的女儿田莎莎喊话，让她回家吃饭。接着，他爸和其他几个人被押到了公审现场，就在华光大桥下一处长着一些杂草的空地上，空地上有个水泥砌的长台，台有四五十厘米高。游行的车开得很慢，像蜗牛一般在挪动，从华光大桥开向六一桥，又在六一桥掉头返回华光大桥。看热闹的人群追着车跑，一路跑到空地上。他们挤在杂草地上，不顾草刺脚踝的疼痛，不顾前胸贴后背的难受，他们抻长了脖子，看着田彪被拉到台上和其他人站成一排，接着开始有人宣读到他的犯罪过程，并现场审判他的罪行，从他变得沉默的脸上人们看不出任何表情。

没关几年，有人看见田彪从监狱出来，过段时间又出现在游街的车上，人们再也不想跑上街去看他那张老面孔，去公审大会看热闹，人们在心里已经预想到结果。当嘹亮的警笛声远远地响起时，人们会头也不回地说："是田彪这个大流氓又出事了。"

直到听到田彪被枪毙的消息传来，人们才知道那个曾对着世界满脸不在乎的男人终于走到命运的尽头了。

据说田彪被枪毙是因为他又抢劫了一个下夜班的姑娘。

起因是田彪的姑娘田莎莎在生日那天对他说，看上了商店橱窗里的一个大号的芭比娃娃，但是他翻遍自己的口袋也找不够买那个芭比娃娃的钱。

那个售货员对田彪轻蔑地说道："不买别挡着我做生意。"

田彪问："你知道我是谁吗？"

售货员说："我管你是谁，就算你是大流氓田彪，你也得让一让。”

田彪冷笑了一声：“这个娃娃，我买定了，从现在开始任何人不许卖。”

售货员说：“你这个人真有意思，你说不许卖就不许卖，你怎么比田彪还虎呢？”

田彪说：“我不跟你废话，我现在回去拿钱。

“在你晚上关门前，我一定过来。”

售货员说：“等你过来再说吧。”

随后，田彪带着田莎莎跨出大门。

他走出门不出两步路，又折返回来去找那个售货员，一脸凶狠地道：“告诉你，老子就是田彪。”

说完，他一个转身和他姑娘消失在人群中。

田莎莎走在回去的路上一脸委屈哭得梨花带雨，她边走边说：“爸爸，我睡觉都想抱着那个娃娃。”

田彪脸上的表情变得越来越凝重，他掐灭手里的烟头，说：“明天早上，爸爸一定会把芭比娃娃像变魔术一样变到你床前。”

“好了，别再哭了！”他说着蹲下身抹去田莎莎眼角的泪，一把将她抱坐在肩头。

田彪将孩子送回家后，一个人在街头闲转，连续几日的赌运不济令他心神不宁。不知不觉他走到了电热电器厂门口，这时夜色渐如浓墨，厂门紧闭，乌黑一片。只有一个车间还亮着灯光，一个大胆的计划在他心头酝酿。

他忽然听见一阵铁门锁链碰撞发出的哐当声，迅速捡起路边的一块石头闪身进漆黑的巷子里。

电器厂的一个姑娘刚刚加完班，她疲惫地把铁门锁好，当她揉着肩膀转身推车的时候，一个黑影挡在了她的面前。

田彪未等她开口便威胁道："想活命别叫！"

姑娘顿时被这个黑影吓得瑟瑟发抖，车也随即倒在路边。

田彪说："把身上的钱全部掏出来，放在地上！"

姑娘将六十二块八毛四分放在面前的地上。

田彪捡起钱，放在手里来回捻了下，道："还有没有？想活命全拿出来。"

姑娘在田彪面前把所有的口袋里子都翻了过来，道："大哥，真的一分都没有了。"

田彪上下打量道："你脖子上的项链，你耳朵上的耳环，快点解下来！"

姑娘四处望了望，发现厂门的附近河边有个路灯，正闪着微弱的光亮，离她不过十步。

她用颤颤巍巍的口吻商量道："大哥，要不我们去路灯那，在这太黑，看不见。"

田彪朝四下张望了一下，又抬头看了看夜色，从兜里掏出一块方巾把面蒙住道："快！想活命别耍花样！"

二人来到路灯下，微弱的光亮照着姑娘花容失色的面庞，田彪看着看着竟生出几分怜香惜玉之情。

姑娘颤抖的手好一阵才解开脖子上的项链，解完项链，她又笨拙地去摘耳朵上的耳环。

田彪等得有点烦躁，面上的方巾令他不能畅快地呼吸，他走上前去拉扯姑娘的耳环，在一阵拉扯中，他的方巾掉落到了地上，姑娘借着微弱的亮光看清了他的脸庞。

田彪赶紧捡起方巾重新遮掩在脸上，慌张道：“你看到我是谁了？”

姑娘畏惧地紧紧闭着双眼，说：“我啥都没看见。”

田彪说：“你最好啥都没看见！”

田彪蹲下身把一条金色的项链和一对金色的耳环捡起装进口袋里，在他蹲下身的时候，姑娘的腿像突然上了发条一样，从他身后窜了出去，她边跑边大声呼叫：“快来人呀！大流氓田彪抢东西了！快来人呀！大流氓田彪抢东西了！”

这一声声喊叫惊动了泊在河岸边的几个船家，那些起初黑暗的船舱一下透出黄色的光亮来。

田彪被姑娘的这一声声叫喊顿时吓得面如土色，双膝发软，回过神来时，他撒腿就跑。

十分钟后，田彪出现在玩具商店里。

他一脸怒色地问：“那个芭比娃娃卖掉了吗？”

售货员刚在清点货物准备关门，见来人是田彪，于是赶紧说：“留着，留着。”

田彪随手甩过一张五十块钱拍在柜台上，声音很大地问道：“老子有资格买吗？”

售货员说：“有，有，有。”

田彪说：“以后记住了！别狗眼看人低。特别是见到你田大爷来，要净水泼街，红毯垫道。”

售货员顿时被惊吓得瘫软在地。

当田彪站在台上被公审的时候，一些人远远地朝着田彪口水乱喷。

年龄还小的田莎莎说："我都记得他们，他们的脸、鼻子、眼睛、眼神，化成灰，我都认识他们。"

当时的田莎莎还不知道他的爸爸被枪毙了，她对马冬冬说："我爸爸去了很远很远的地方，暂时回不来了。"

马冬冬点点头说："是的，你的爸爸到天上去了。"

田莎莎说："以前我在学校被人欺负了，我的爸爸随时都会赶过来帮我欺负他们。他们在我的爸爸面前就像一只蚂蚁被一头大象踩在了脚下一样。"

到了六年级的时候，田莎莎的个头已经很高挑了，她顶着一头卷发，脸型是国字脸方形的，眉毛不用画也很浓密，但是她还是时常坐在镜子前用眉笔再涂上几笔，她细小的眼睛，厚厚的嘴唇，不说话的时候面相间似乎隐藏着一股随时要发威的狠劲。

很多附近的小男孩都比较畏惧她，他们叫她莎莎姐姐。

莎莎姐姐为人大方热情，她身上总不少压口袋的钱。她在小摊上买了一块饼，有五个孩子凑到了她身边，她扬起手数了数，说："一二三四五，现在有五个人，我手里只有一个饼，你们都想吃对不对，你们现在每个人都可以咬一口，但不能咬一大口，你们咬完以后，剩下的就是我吃的了。"

莎莎姐姐不仅分给他们吃的东西，拢住他们的心，她还告诉他们，只要听她的话，就在她的保护范围。今后，在她的保护范围以内，谁受了欺负，告诉她一声，不管对方是高年级的男同学，还是社会上的小混混，她都会替他们出头，去跟那些人大干一仗。

多人对阵前，当田莎莎报出她爸田彪的名字时，那些起初想跟她干仗的孩子早就作鸟兽散了。田莎莎的爸爸虽然死了，但是他的臭名遗世一样能镇住一些小鬼。

田莎莎把手搭在马冬冬的肩膀上对夏春春、张兵兵、谢阳阳说道："马冬冬是我弟弟，从今以后，你们要把他当成非常好非常好的朋友，不准欺负他！"

三个小孩止不住地点头，马冬冬在田莎莎身边感受到了一种被崇拜和羡慕的目光包围的骄傲。

田莎莎对马冬冬说，她有个梦想，她想当老板，每天什么也不用干，就坐在沙发上使唤别人，她说让干什么，别人就得干什么。

田莎莎说："或者我也可以嫁个老板。"

马冬冬说："莎莎姐姐，你现在已经是很大的老板了，你看我们没有人敢不听你的。"

田莎莎闻言扑哧一声笑了，她觉得自己跟马冬冬之间有很深的代沟。

她说："我发现我和你们这群孩子没有一点共同语言。"

但很多时候，她把马冬冬当成了自己唯一倾诉的对象，她跟他讲她爸爸的故事，自己的故事，歌舞厅里的故事，那些坏男人、坏女人的故事，这些故事里，当田莎莎讲到歌舞厅里那些坏男人、坏女人的故事时，她内心顿时变得躁动不安。

马冬冬的内心就像一艘庞大无比的船，已经承载了田莎莎太多太多的秘密，以至于都快装不下自己的秘密。

当田莎莎再次找到马冬冬进行倾诉的时候，马冬冬委婉地对她说道："莎莎姐姐，能不能多分几回说，我的大脑已经装满了。"

田莎莎继续说："我和你说，我最近在跳迪斯科。

"你知道迪斯科是什么吗？说了你也不知道。

“迪斯科是一种舞蹈，它的原名其实是叫‘Disco’。

“我还见到有人跳霹雳舞。

“歌舞厅的中间有个舞池，除了跳舞还可以唱歌，想唱歌的人去跟吧台的人说下，就可以点歌了。舞池四周都坐满了人。”

马冬冬竖起耳朵，听得认真，翻着白眼。

田莎莎说：“和你说了这么多，你啥也不知道。

“我饿了，你敢不敢从家里偷点钱出来？”

马冬冬胆小地说：“不敢。”

田莎莎轻蔑地说道：“这么胆小，以后我不能再带你一起玩了，你也不在我的保护区了。”

马冬冬随即说：“我可以带你去我家，我知道我爸爸把钱放在哪里。”

马公民有个习惯，出门在外，他身上从不放多少钱，他的钱要么藏在家里的米缸里，要么就塞在电风扇和床铺的底下。这些钱都是他自己的私房钱，杨秀珍看不见的钱。

田莎莎根据马冬冬的提示，从电风扇下面顺利找到了两元钱，他们兴奋地冲上街头买了两支棒冰，两个红薯，四块卤汁豆干。

马冬冬上一秒吃得合不拢嘴，下一秒回到家就被马公民打得龇牙咧嘴，当他屁股被打开花的时候，他依然没有把田莎莎交代出来。

有时田莎莎也拉起马冬冬的手说：“走，去我家。”

马冬冬听话地跟着去了她家。

第十九章

张兵兵和谢阳阳找到马冬冬，他们说，他们发现一个可以赚到零花钱的地方。马冬冬高兴地问在哪里，谢阳阳说：“跟我来。”

他们把马冬冬引到一个荒废的工厂。

这里现在就像是一块荒地，大门形同虚设，只要小点身材的人都能轻松地钻进钻出。

马冬冬好奇地问：“你们带我来这里做什么？”

张兵兵神秘地说：“我们现在要做一件大事情，不是其他人能做的事情。这个厂的隔壁有个废品回收站，里面有很多废铁零件，从这个围墙钻进去，”张兵兵指了指远处的一堵墙，继续得意地说，“就能搞到废铁啦。”

谢阳阳接着得意地说：“废铁卖掉就能变出钱啦。”

马冬冬问：“我们是要做小偷吗？”

张兵兵想了下说：“我们不是小偷，我们是借，我们将来赚了很多钱的时候还会再还回来。”

谢阳阳应和道：“对，是借，还回来。”

张兵兵继续说：“我打探过了，这个废品收费站只有一个看门的老头，没有其他人。”

“对了，还有一条大狼狗。”他补充道。

“狼狗？”马冬冬惊得叫出了声，“我最怕的就是狼狗，狼狗会吃人。”

张兵兵说：“你听谁说的？”

马冬冬说：“我爸说的。”

张兵兵说：“有些狗不咬人，有些狗咬人，要分狗的。”

马冬冬说：“狼狗最喜欢咬人。”

谢阳阳听马冬冬这么一说，也表现出几分惊恐。

张兵兵想到了一个人，他又找来了夏春春，夏春春比他们大一岁，胆也比他们大一些，他对他们说：“你们都比我小，你们太胆小了，我不怕狼狗！”

张兵兵说：“是马冬冬怕狼狗，我们可不怕。”

夏春春走到狼狗附近又奔跑着折回来，张开臂膀用手在空气中比画着，气喘吁吁地说：“它被这么一根，这么大这么粗的铁链子拴着，根本咬不到人。”

但马冬冬还是有点不敢。

夏春春拍着马冬冬的肩膀说：“到时候它真咬人，我可以帮你引开它，让他咬我，我的肉香。”

马冬冬胆怯地说：“我还是有点不敢。”

夏春春不屑道：“你这么胆小，以后我们就不能再跟你玩了，我们现在就和你一刀两断，你自己选吧。”

马冬冬的犹豫没有抵过夏春春的坚决，他们找来几块石头和砖头垫在脚底，还好围墙很矮，上面也没有碎玻璃，不需要特别费力就可以翻过去了。

马冬冬看见眼前一大片空置的草地上堆满了各种铁器方管，还有废旧的机器，均已经锈迹斑斑。他犹豫着不知道从哪下手，先捡哪个。

只见夏春春迅速捡起几个废旧的脚手架零件揣在怀里，张兵兵怀里则抱了几根长短不一的圆形铁管，最长的一根把衣服都撑破了杵在外面，他翻过围墙的时候故意把怀里的铁管暴露在外面，站在墙上做了个大力水手的姿势，威风极了。

马冬冬对张兵兵说：“你今天真像大力水手卜派。”

张兵兵说：“我还没有吃菠菜呢。”

随后谢阳阳也爬上围墙，把手搭在张兵兵肩膀上说：“错，我们是海尔兄弟。”

张兵兵指着怀里的铁器，说：“你看我们都揣了这么多了，你还什么都没有拿，到时候我们都有钱买汽水了，你可别抢我们的喝。”

马冬冬立即蹲下身找了几个外观漂亮的铁零件包裹在怀里，他走起路的时候捧着肚子的样子，就像怀胎十月待产的女人一般。

夏春春告诉他，分量越重，越能卖到钱，卖铁的时候，别人不看你的铁长啥样，上了秤都按斤算。

马冬冬仰慕地说：“夏春春，你懂得真多呀！”

卖铁的时候，他们几个人轮流从大门外鱼贯而入，进入收购站，门口的大狼狗躺在地上的身形就像一只小老虎，它伸出的舌头往外滴着口水，口水印湿了它嘴巴下的地面。

狼狗张了下嘴露出两排锋利的牙齿又合上，马冬冬害怕地说：“你们快看，它的样子是不是要吃人呀？”

刚说完，那狗的耳朵便像天线一样竖起，从地上站了起来，它跃起来的高度快要超过他们的脑袋。

看门的老头的头顶秃得只剩下几小撮发丝，他戴着一副深度的老花眼镜坐在柜台后面的一张木头椅子上，椅子的木色已经被漆黑的污渍掩盖，他跷起二郎腿，把报纸摊开在腿上，他看报纸的样子就像脸趴在了报纸上。

马冬冬跟着张兵兵后面走进来。他认真扫视了下，四周的墙皮已经脱落，高耸的屋顶悬吊着几张落满灰尘的日光灯，墙角有一些蜘蛛网，他又看了下柜台，柜台后面的老人仙风道骨，穿着白背心跷着二郎腿半躺在木椅上摇着蒲扇的样子就像武侠电视剧里的世外高人。

老头看见有人进来，缓慢地从椅上起身，似乎躺得太久，他的背有点发麻，他不停地用蒲扇拍打着自己的后背。

夏春春轻车熟路，他第一个把铁放在秤上，很快就称完了重量，老头收下铁随手扔进了后院里，打开抽屉掏出了钱给他，随后张兵兵、谢阳阳、马冬冬都拿到了卖铁的钱。

走出门外，夏春春带着他们去了镇上最大的一家超市，他们各买了一大瓶一直想喝却又一直没钱买的汽水，汽水的颜色就像是橘子皮的颜色，汽水的名字在他们看来很洋气，叫“健力宝”，喝了充满力气。平时想喝这个汽水只有等谁家请客或是逢年过节的时候。

他们四人并排坐在超市门口的马路牙子上，拧开瓶盖就大口喝了起来，直喝到听见马冬冬的肚子一阵“嗝……”的声音响起。

马冬冬放下瓶子说：“我不能再喝了，我的肚子已经装满汽水啦。”

张兵兵喝了一会儿也打起了饱嗝，也放下瓶子说：“我也不能再喝了，我的肚子已经泡在汽水里啦。”

他们一会儿又听到了谢阳阳打起饱嗝的声音。

他们没听到夏春春打嗝。

夏春春说：“我比你们大一岁，肚子也比你们大一点，我还能再喝一点。”

说完，他举起了瓶子把剩下的几口汽水又喝进肚子里。他的肚子顿时像一个熟透的西瓜鼓了起来，他站起来的时候打了一个更响亮的嗝，还放了一个超级响亮的屁。

张兵兵和谢阳阳又重新把瓶口贴在了嘴边。

马冬冬担心地说：“再喝，你们的肚皮就要被撑破啦。”

夏春春听了哈哈大笑，说：“肚子喝多少水都是不会破的，我爸说那是大人用来骗小孩的。”

于是马冬冬和张兵兵、谢阳阳都把瓶子喝空了，他们站起来的时候每走一步，都能听见肚子里的汽水在来回翻滚摇晃的声音，就像船桨划开的浪花在起伏着。

他们来到家门口的茅厕里，茅厕的中间是一个用砖头砌成的大圆坑，圆坑的深度有他们一人半高，圆坑的一半用石板盖着，拉屎的人正常都蹲在另一半的边沿上，屁股对着圆坑。

他们几个人沿着圆坑边沿站成一圈，一起脱下裤子朝圆坑里撒尿，他们撅起的屁股就像打开的水龙头，要把刚才喝下去的汽水都尿出去。他们的尿在粪坑里互相追逐，交叉在一起又分开，他们尿完以后身体都情不自禁地抖动了一下，提起裤子时，他们感觉肚子才稍微轻了些。

夏春春眼睛一亮地说："你们敢从这个石板上跳到圆坑的另一边吗？"

张兵兵和谢阳阳立马举起了手。

夏春春对马冬冬说："你真是胆小。我们现在比赛，看谁跳得快，跳得远。"

夏春春说完就从石板上一跃到了圆坑的另一边。

张兵兵和谢阳阳也跟着跳了过去。

他们欢快的表情对马冬冬说："一点也没事，很好玩。"

马冬冬在他们跳完第三轮以后也加入了进去，他轻松地跳完第一轮，夏春春说："不够远。"

马冬冬又走过去跳第二轮，但这次马冬冬的脚底踩空了，随着巨大的"扑通"一声，他像一个小型炸弹砸进了粪坑里，溅起的粪水洒在了石板上，也洒到了张兵兵和谢阳阳身上。

张兵兵和谢阳阳看见马冬冬掉落在粪坑里，顿时吓坏了，他们带着身上被溅到的粪水一路臭烘烘地向家里跑去。

夏春春一点也不害怕，他看着马冬冬在粪坑里挣扎的样子，更加兴奋地拍手叫着。

茅厕对面二楼平台上正在晾晒衣服的石根老太看见了在粪坑里扑腾的两只小手，赶紧叫出他的儿子，她儿子从二楼一跃而下，他几乎是冲进厕所，趴在溅满粪水的地上用双手把马冬冬从粪坑里抱了上来。

马冬冬浑身都被粪渣和臭水裹挟着，石根老太的儿子抱起他就像怀里揣了一个粪桶，一路把他送回家。

他们走在去马公民家的路上，每走一步，都有几滴粪水从马冬冬的裤管里流出来。巷子里的很多邻居闻见臭气熏天，都捂着口鼻跑出来了，他们都想看看掉进粪坑里的孩子是谁，他们凑近了脸，一阵作呕地说："天哪，是马公民的儿子，是马公民的儿子马冬冬掉进了粪坑里了。"

他们中有人在同情地问："他又不傻，怎么会自己掉进粪坑里？难道是拉屎的时候脚滑掉下去的吗？"

他们中有小孩手舞足蹈的比画着说："我看见他们在厕所里跳来跳去，然后扑通一声，他就掉下去了。"

他们一路跟在马冬冬的身后，他们中有人幸灾乐祸，有人深感同情。队伍的后面还跟着几只看热闹的野狗。

人们护送着马冬冬到院子里，对马公民说："你的孩子掉进粪坑里了，被救了上来，你赶紧帮他冲洗送他去医院看看。"

马公民惊得从椅子上站起，恰巧杨秀珍这时也赶回家。他们看见马冬冬的衣服和裤子上散发着阵阵难闻的恶臭，他的身体和头发上也被粪水浸湿了。他像在粪缸里洗了个澡。

杨秀珍眼眶里的泪水立即奔涌而出，她先是责怪了马公民，责怪了李玉芳，又骂马冬冬："去哪玩不好，你偏偏要去茅厕里玩，茅厕是拉屎和撒尿才会去的地方，你和你爸一样是个傻瓜，你掉进粪坑里了，你看你现在浑身多臭，要不是有人救了你，你现在就死啦，你才六岁你就死啦，你就死在粪水里啦。你死了，我可怎么活！"

说着，杨秀珍的声音从呜咽变成啼哭。

围观的邻居站在门外说：“杨秀珍，你现在就别吵了，赶紧帮孩子洗干净送去医院，别落下什么病根来。”

杨秀珍闻言停止了哭声。

这时，马公民从屋里拿了把剪刀出来，把马冬冬身上的衣服剪开，他在水池里放好了热水和冷水，把一丝不挂的马冬冬抱进水池，一遍又一遍地洗刷着他的身体，水池的水也换了一番又一番，直到看见马冬冬身下的水不再混浊，不再飘出异味。当他们把马冬冬送到医院的时候，医生俯身检查了下马冬冬的身体，说挂几天水就行了。

杨秀珍从张兵兵和谢阳阳口中得知是夏春春把马冬冬推下粪坑的，气冲冲地穿过一条巷子来到了夏春春家。她听邻居说夏春春的爸爸叫夏小光，夏春春的妈妈叫姜小梅，说他爸爸有好几天没回家了，顿时她的心头火冒三丈，她又来到了姜小梅的饭店，当她想踹开门走进饭店向姜小梅讨个说法的时候，她发现饭店的名字又变成了福满楼。

饭店隔壁店的人对杨秀珍说：“四季饭店早转让掉了，小梅饭店没开几天也关张啦，现在是第三个老板在这做早市。”

杨秀珍心想，这个文盲饭店早就该关了。

她又跑回家对马公民说：“是姜小梅的儿子把你的儿子推进了粪坑里，现在你的儿子躺在医院，虽然医生说只需要挂两天水就行了，但是我们不能跟姜小梅就这么算了，我们要让她赔偿我们的损失。我的儿子差点死掉，我们精神和身体上都受到了巨大的损失。我们不去要钱，他们就会把我们当成呆子、傻子。除非也把他儿子推粪坑里一次。

“我没有什么不好意思的，我们在情在理，是他们家儿子犯的错，他的爹妈就应该站出来承担责任。”

傍晚，杨秀珍又去了姜小梅家，她对着姜小梅家的门叫：“姜小梅，你滚出来！姜小梅，你快滚出来！你是不是心虚了不敢滚出来了？”

见没有人出来，她又喊：“夏小光，你滚出来，夏小光，你快滚出来！你再不滚出来，我就要踹你家的门了，你们不仅是一对文盲，还是一对缩头乌龟。”

杨秀珍准备叫第三次的时候，姜小梅打开门走了出来，她说：“你说话这么大声做什么，你在我家门前嚷嚷什么？”

杨秀珍双手环抱于胸前道：“姜小梅，你不要装作没事人一样。你的儿子闯了弥天大祸，你还装得如此平静。

“我告诉你，白天，你的儿子和我的儿子在巷子里的茅厕玩，你的儿子叫我的儿子去跳茅厕里的粪坑，你是怎么教育你的儿子的？他竟然喜欢去茅厕里玩，他自己跳也就算了，我也就不来了，他又带着我的儿子跳，我的儿子现在被他带进了粪坑里，差点就死了，要不是在楼上晒衣服的石根老太见了，我儿子现在就不是躺在医院了，而是躺在太平间里。要是躺在太平间里，我就不打算活了，你也别想活了！

“现在我们一家都不上班歇在医院里照看孩子，你们一趟都没有去过，你们连买个水果的心都没有。当然，我也不会要你们的水果。我们现在家里单位都顾不上，我们停工的钱不会跟你要一分，但是我娃看病的钱，你们该不该赔？

“我也不想来找你，但是是你儿子犯的错，你们就该承担责任。我今天不来，我明天也会来，我不来，马公民也会来，三十来，初一来，正月十五来，反正你什么时候给我们赔偿，我们才不来。”

杨秀珍说话的嗓门比平时提高了八度，很多邻居捧着手里的饭碗就走过来了。他们听了杨秀珍的话后对姜小梅说：“人家说得不错，是白天发生的事情，马冬冬差点死在粪坑里，我们都看见了。”

姜小梅没有拿钱给杨秀珍，她像个没事人一样转身就走进了屋里关上了门。仿佛杨秀珍那些话不是说给她听的。

第二天傍晚，杨秀珍又来了。

杨秀珍说：“姜小梅，原来我还以为你做人有点良心，只是心胸小，没有文化，现在我发现你不仅心胸小，没有文化，还不知道是非。你们全家遇见了事就像缩头乌龟，你和你的丈夫加起来是两个缩头乌龟，你的缩头丈夫夏小光呢？他为什么躲起来了？我昨天来了，今天来了，你们还是不想给钱对不对？你们到底想躲到什么时候？再这样下去，我就去找派出所，找法院，找检察院，找政府了。”

第三天傍晚，姜小梅出现在了杨秀珍家里。

姜小梅一进门，就低着头说：“我是来向你赔罪的。我的丈夫夏小光在外面赌钱输光了家里的钱，我们的饭店也被他当了，是我眼瞎，我不知道我丈夫以前没结婚的时候就经常跟人赌钱，不仅赌钱还喝醉酒进过女澡堂……”

杨秀珍放下手里烧着的开水，笑嘻嘻地说：“我不想听你说你丈夫的故事，你也别在这编故事。你嫁给谁是你的选择，他输光了也跟我没有关系，我已经去过你家两次了，你们都没有把钱送给我们，连一个子都没有送，可以看出你们一点诚意也没有，既然这样，我只能去找公家说理。”

姜小梅哭着跑了回去。

夏小光喝醉酒找到马公民说：“我把饭店都输光了，我一分钱也没有，邮局也把我辞了，我有一条命，你要吗？”

马公民回去对杨秀珍说：“我看这事就算了，别再闹了。”

杨秀珍一脸不可置信地望着马公民道：“你大方，你啥意思？你处处为别人着想，你一点男人的骨气都没有。”

马公民说：“夏小光说了，要钱没有，要命一条。”

杨秀珍讥讽地道：“当初耀武扬威的那股劲没了？现在出来装尿包了。”

“我告诉你……”杨秀珍说，“你可千万别当软蛋，让别人背后笑话你。”

第二十章

纺机厂的周大发在职工大会上说道："同志们，由于受外部经济危机的影响，目前国内计划经济体制已完全适应不了市场经济。这股风暴非常猛烈，我们已经深受其影响。我们厂这两年连续亏损，就像背上扛着一个沉重的包袱，现在到了必须作出改变的时刻了。

"同志们，我们必须清楚地认识到，只有改革才是唯一的出路。

"我知道很多职工已经在咱们厂干了很多年，有感情。你们不说，从你们的脸上，我也能看明白。

"我说了这么多，其实归根结底就是一句话，我们破产了。"

台下立马群情激愤，一阵骚动。

周大发继续说："你们要冷静客观地看待这个问题，不是只有我们厂是这种情形，现在全国的形势都一样！明天，将实行分批次下岗，第一批下岗的职工以无技能为主。散会后，请下岗名单上的人去我办公室签下岗协议。”

接着在厂区的宣传栏上，第一批下岗人员的名单被密密麻麻地罗列在一张粉红的纸上。

李卫民和马公民都挤进了人群，他们踮着脚，一步步艰难地往前腾挪，在他们前面一会儿趴在玻璃上，一会儿离去的人的脸上，有失魂落魄，有暗自侥幸，轮到他们趴在玻璃上的时候，李卫民找了一圈，惊喜地说：“没老子的名字。”

他说完望向马公民。

马公民一番搜索后，他的名字赫然在列，他看着自己的名字顿感芒刺在背，他眼神黯淡地说：“我上了。”

他又看了看，也找到了杨秀珍的名字。

李卫民安慰他道：“早晚都得下岗，早下晚下都一样。何况还有工龄补助金呢。

“还是得想想法子，可不能指着补助金过日子。”

马公民和第一批下岗的人从周大发的办公室走出来后，他们一些大男人垂头丧气地蹲在新合并的车间外捶地痛哭。他们哭的是，国企的改制再也不能让他们从这里安稳地走向坟墓，他们哭的是家庭的重担一时不知该如何扛起，他们哭的是未来的不确定性就像一场冒险的旅行在等待他们，他们哭的是时代的一粒尘土落在他们头上就像一座大山那样沉重。

杨秀珍走在街上看见小镇上新盖的水都市场大门前响起了震天的鞭炮，水都市场是小镇领导为美化镇区环境而建设的一座综合性市场，以前六一桥摆摊的零碎商户都被安排进了市场，六一桥的车水马龙，鸡鸣狗叫已仿佛昨日。人们在这座综合市场里，可以买到衣服，蔬菜、水果、肉、禽、鸡蛋、粮油还有副食品，生活保障一应俱全。

马公民说："少去水都市场，那就是榨人血汗钱的地方。"

杨秀珍挎着菜篮子来到了水都市场，水都市场在她眼里像一个卖杂货的大集市。

在集市的外面，水都市场的入口处，有很多乡下的人正挑着担子，担子前后各挂着一个箩筐，箩筐里铺满了从田里刚挑上来洗好的蔬菜。

杨秀珍弯下腰把上面淋着水珠的菜叶挑进袋子里，她看见一些老人在捡拾那些乡下人菜筐里的残渣菜叶，乡下人反而不收他们的钱，白送给他们。

等那些老人走远了以后，乡下人挑起担子在背后不屑地说："这些菜叶带回去喂我家牛，牛都不吃。"

杨秀珍从水都市场走出来，当她走出路口时，她看见有一个男人戴着墨镜倚靠在一辆崭新的自行车旁正抽着烟。

"何建军！"

杨秀珍叫出声来。

何建军也看见了杨秀珍，他摘下了眼镜，他们四目相对时都瞪大了眼睛，杨秀珍说："之前厂里的事还没好好感谢你，你在这做什么哩？"

何建军有点手足无措地说："我在等我爱人。"

"你结婚了？"

杨秀珍惊讶地问。

何建军说："结了，去年结的。"

杨秀珍问："哪的姑娘？"

何建军说："就是镇上的，别人介绍的。她爸以前是清管所的。"

杨秀珍酸酸地说："那条件是不错。"

何建军故意扯开话题问："听说你们纺机厂裁人了？"

杨秀珍忧愁地说："我们一家现在都是下岗工人，还没找到落脚的地方哩，第一批下岗名单就上了。"

何建军说："那你有没有到别的厂再去找找？"

杨秀珍说："都托人在帮着打听哩。"

何建军想了想，道："我现在在仪表厂，要不改天我跟我们厂长说说，现在大厂效益都不好，私人小厂暂时还是稳定的。"

杨秀珍花枝乱颤地笑着说："那真要好好感谢你。"

正在他们说话间，何建军的爱人刘艳萍走了过来，她纤瘦的身材在人群里像一根竹竿，她看见她丈夫正和一个陌生的女人谈笑风生，就像看见属于自己的东西被别人分享了一般难受。

她表面故作平静地走到他们身边，对何建军说："这是在哪认识的朋友呀？"

她说话的时候眼睛一直望着何建军并没有看杨秀珍。

何建军并没有理睬他爱人的话而是对杨秀珍说："你这两天就去仪表厂找我，应该没问题。"

刘艳萍生气地一屁股坐上车的后座，故意语气加重地说："脚都走累了，你也不关心关心，肚子也饿了，我们赶紧回去吧。"

何建军跨上自行车，刘艳萍坐在他的后座环抱过她丈夫的腰，他们穿行在阳光下，大街上何建军飘逸的白衬衫在风里就像一道亮丽的风景线。

杨秀珍过了两天便去了仪表厂，经过何建军的帮忙，仪表厂老板让杨秀珍留了下来。

在仪表厂上班让杨秀珍和何建军有了更多的相处机会，他们又经常坐在一起聊天。

杨秀珍说："马公民和你就不好比了，他下了岗就像断了腿一样，每天躺在床上。"

何建军说："刘艳萍和你也没法比，刘艳萍娇生惯养，她在家里就像皇后，处处都要人伺候。"

杨秀珍说："但是她的名字好听。"

何建军说："但我就像她的奴才一样。"

杨秀珍咯咯地笑了。

杨秀珍说："我现在比你爱人胖多了。"

何建军说："你不胖，你现在这样刚好，身材瘦不代表好看，关键要匀称。匀称就是比例要协调，就和画画一个道理，我爱人的身材一点也不匀称。"

杨秀珍站起来问："那你看我匀称吗？"

何建军仔细打量了下杨秀珍说："你比我女人匀称多了。"

杨秀珍又咯咯笑了起来。

杨秀珍最近回家比较晚，她下班的时候总会去学校把马冬冬先接到何建军的宿舍待一会儿再回去。

杨秀珍说："你这样总不回家不是办法，她毕竟是你的合法妻子。"

何建军苦恼地道："我受够她的脾气了，我在家里一分钟都待不下去，说不过三句话准吵起来。"

马冬冬看着这个穿着比自己爸爸精致的男人问：“妈妈，这个男人叫什么呀？”

杨秀珍想了会说：“他和你爸爸一样大，你可以叫他叔叔，你现在就叫他声叔叔。”

马冬冬说：“不，我不想叫，我还不认识他。”

何建军笑着走过来说：“你叫声叔叔，你想吃什么，我现在就买给你。”

马冬冬歪着脑袋想了一会儿说：“我想吃一个猪蹄，一根红肠，我还想吃一袋巧克力金丝酥方便面，我还想再喝一瓶汽水，我要喝健力宝的汽水。”

何建军摸着马冬冬的肚子说：“你刚多大的人，你的肚子能装得下这么多东西？”

马冬冬深深吸了一口气，撑起肚子说：“能，你看，我能装得下。”

何建军笑了，他说：“你再叫我声爸爸，我给你买两瓶健力宝的汽水，一瓶你现在喝，还有一瓶你带回家喝。”

马冬冬摇摇头说：“一瓶就够啦……”

不到一会儿，何建军的桌上摆着三个猪蹄，三根红肠，一袋巧克力金丝酥方便面，一瓶健力宝汽水。

马冬冬站在凳子上数了数，他指着猪蹄和红肠问：“我只要一个猪蹄，一根红肠就够了，你怎么买了三个猪蹄和三根红肠？”

何建军说：“我和你妈也要吃，就你肚子饿，我们不饿吗？”

马冬冬又问：“那你怎么只买了一袋巧克力金丝酥方便面和一瓶健力宝汽水？”

杨秀珍拿着碗筷走过来，拍了下马冬冬的头说：“就你话多，吃饭都堵不住你的小嘴。”

从何建军宿舍出来，马冬冬叽叽喳喳快乐得像只小鸟。他撩起自己的衣服，对杨秀珍说：“妈妈，你看我的肚子鼓没鼓？”

杨秀珍望着她儿子鼓起的肚子和腮帮子说：“鼓，比任何时候都鼓。”

马冬冬放下衣服笑了。

马冬冬又问：“那个叔叔为什么让我叫他爸爸？我的爸爸现在在家里，是马公民呀。”

杨秀珍说：“那个叔叔跟你开玩笑的，你赶紧忘了那个叔叔对你说过的话，回到家什么也别说。”

马冬冬打了一个响亮的饱嗝说道：“我现在全忘啦。”

马公民的娘李玉芳最近每天晚上都会在他们家门外的巷口猫着，她看着远处被路灯照亮的水泥砖头地面，接二连三地打着哈欠。她不时探出的脑袋，总会招来过路的人鄙夷或惊奇的目光。这时，她便假装是出来消食的人，伸展着自己的身体，捶打着自己的后背。

她发现杨秀珍最近总是晚上很晚才回来，她回来的脚步每次听着都像是在跑步一样。

她对马公民说：“我听见一些你媳妇的闲话了，你听见没有？”

马公民说：“你该忙忙你的去。”

李玉芳说：“我能忙什么，她每天都这么晚回来，你就不问问？”

马公民不耐烦地说：“你该忙忙你的去。”

他娘说了声“没出息”，就跑开了。

马公民躺在破旧的沙发上点了一根香烟吸了起来，对马冬冬说：“过来，我问你一个问题，你要跟我说实话。”

马公民说：“最近你每天和你妈都回来得很晚，你们都去了哪些地方，见着了什么人？”

马冬冬想起杨秀珍叮嘱的话便说：“我不知道，我全忘啦。”

马公民突然站起来从腰间抽出皮带说：“看来你不想说实话，你要和我的皮带说。”

马冬冬可怜兮兮地道：“可是我答应了妈妈不能说。”

马公民说：“是爸爸亲还是妈妈亲？你不说，等你的屁股被我的皮带打开花时，你再说。”

马冬冬在他爸的威严之下想了想说：“好吧，你给我买点猪蹄回来，我就告诉你吧。你不买，我就什么也不说。”

马公民又躺下，在沙发里翻了个身低声说：“爸爸都下岗了哪有钱买猪蹄给你吃，把我的脚给你吃吧。”

马冬冬说：“那我坚决不说。”

马公民又从沙发上坐起来，翻了下自己的口袋，扔给马冬冬两毛钱道：“猪蹄没有，这两毛钱归你，你自己去买东西，你想吃什么就买什么。”

马冬冬把两毛钱扔在地上，说：“爸爸，钱太少啦，不够。”

马公民又扔给他两毛钱。

马冬冬依然说：“爸爸，钱太少啦，不够。”

马公民把皮带举过头顶，发怒般地站起来吼叫：“再不说，一分钱也没有。”

迫于胁迫，马冬冬战战兢兢地告诉了他何建军的事。

第二十一章

仪表厂的大门外拴着一条狗，这条狗看着没有废品回收站门口的狗大。它趴在地上眯着眼睛，看见陌生的人进进出出，它别过脸，懒得对他们大叫。厂区门口对面停着一辆破旧不堪的农用卡车，卡车上堆放着无数散开的皮包和钱包，在这些皮包上面有一个喇叭在一遍一遍地大声叫喊：“天航皮革厂倒闭了，王八蛋老板黄鹤吃喝嫖赌欠下了几千万，带着他的小姨子跑啦。我们没有办法，拿着钱包抵工资，原价二十、三十、五十的钱包、皮包，现在通通只卖五块、十块，你买不着吃亏，买不着上当。黄鹤王八蛋，你不是人，我们辛辛苦苦给你干了大半年，你不发工资，你还我血汗钱，还我血汗钱。”

传达室正打着瞌睡的老头被喇叭的叫喊声震得头痛欲裂，他抬起身子，戴上眼镜，刚想伸个懒腰，忽看见一个女人的身影飞快地走了进去，等他从传达室里跑出来叫那个女人站住时，他的声音淹没在了喇叭的声音里，那个女人的身影早已消失在了视线里。

消失在视线里的女人正是刘艳萍。她今天出门前烫了头发，然后又把头发扎了起来，看起来就像是一根竹竿上面开了一朵花。她往脸上扑了扑粉，嘴唇上涂了淡淡的口红，她又换了身亮眼的衣服，穿上皮鞋。她现在出现在了杨秀珍的车间门口。但她的动作行为却和她的打扮一点也不相称，她到了车间就风驰电掣地把电闸拉掉了，刚刚轰轰隆隆的车间就像一台转动的齿轮突然被卡住了。

刘艳萍举起一只手对工人们说："大家都把手中的事情放一放，大家都把手中的事情放一放，大家过来，我有事要对大家说。"

刘艳萍对着围过来不明所以的人群说："我叫刘艳萍，是这个镇上的人。我的父亲是清管所的刘所长，很多人应该认识他，就是那个岁数看着年轻腆着肚子的刘所长，他是个热心肠，我今天来不是想介绍我的父亲。我想介绍我的丈夫，我的丈夫叫何建军，在你们厂里工作。"

围观的人群听到何建军的名字才发出了一阵"哦"的声音。

刘艳萍说："我很爱我的丈夫，我丈夫也很爱我，我和我丈夫才刚刚结婚不到两年，我们分居了。我也不知道我丈夫为什么一直不回家，睡在宿舍，后来我才知道，我的丈夫是被别的女人勾引了，他遇到狐狸精了，是我的丈夫出了问题，不是我出了问题。"

刘艳萍加重语气说："接下来，你们听好，我要开始介绍这个狐狸精了。你们听好，这个狐狸精就在你们厂里，你们当中很多人都认识她，但是你们只看到她披着的一身人皮，没看清她的一张妖脸，更看不穿她的黑心。

"这个狐狸精就叫：杨——秀——珍——"

围观的人群听到杨秀珍的名字又发出了一阵“哦”的声音。

刘艳萍说：“我刚才说了我的丈夫是个很好的男人，这样的男人肯定会有女人勾引他，你们当中有丈夫的女人也要注意了，没准，她也会给你们的丈夫灌上一碗迷魂汤，那你们就要哭爹喊娘地躺倒在地上了。你们现在看不见我的眼泪，我的眼泪在我来的时候早就流干了，都流成河了。”

杨秀珍躲在人群的后面一言不发，何建军这时候大步走了过来，他抓起了刘艳萍的手腕，二话不说就往大门外走。

刘艳萍边挣脱边转过脸说：“我还没骂够那个狐狸精，我要让这个厂里所有的人都知道，我要让镇上的人都知道，我还要让全国的人民都知道……

“你放开我……放开我……松开……”

刘艳萍在厂区门口终于挣脱了何建军的手，她摸着发红的手腕说：“何建军，你为了那个狐狸精竟然对我用这么大力？你是不是疯了？”

何建军生气地反问：“你是不是疯了？大白天到我们厂里来发什么神经？还敢拉闸，你这是在影响生产。”

何建军说：“你现在的样子就像一个泼妇，让人生厌。”

何建军说完重新回到车间里，对工友们说：“刚才发生了一点小插曲，你们别相信刘艳萍的话，她现在越来越像个泼妇，我和她虽有夫妻之名，但已无夫妻之实，不是我不想跟她好，你们当中也有男人，你们说你们愿意跟一个性格十分强势，说什么话办什么事都压你一头，就像是你领导一样的女人一起过日子吗？你们摇了头就说明你们也不愿意，所以她说的话，你们就当放屁好了。”

何建军又走到杨秀珍的身边继续说："别放在心上，我都习惯了，就当她放屁。"

杨秀珍下班回家，马公民看着桌上放着的牛奶和水果，又看见马冬冬手里的汽水，悄悄地说："冬冬，你过来，你告诉爸爸这些桌上的东西是谁买的。"

马冬冬说："是一个叔叔买的。"

马公民问："是哪个叔叔？你老实说，你不老实说，我就不让你喝汽水了。"

马冬冬说："是上次那个让我叫他爸爸的叔叔买的。"

马公民生气地抢过马冬冬手里的汽水说道："冬冬我跟你说，以后不认识的人给的东西千万不要拿，千万不要吃，特别是让你叫爸爸的男人，那些人都是坏人，你听见吗？"

马公民说："这瓶汽水，爸爸没收了。"

他继续指着桌上的牛奶和水果说："还有，这桌上的牛奶和水果也不许吃，这些都是坏人的东西。"

马冬冬问："这些东西现在也要扔掉吗？"

马公民想了下说："暂时先留着吧，汽水先扔掉。"说着，他把汽水抛了出去。

马公民走进房间的时候，杨秀珍刚洗完澡，正捧着一本叫作《伴侣》的杂志。

马公民说："有的人不知道暗中给自己丈夫戴了多少顶绿帽子，还装作什么也没发生一样。"

杨秀珍放下杂志道："说话别阴阳怪气，你直说，你在说谁？"

马公民鼻腔里冷哼了一声："我说谁，谁心里有数。"

马公民说：“桌上的牛奶和水果是谁送的？冬冬喝的汽水是谁送的？”

杨秀珍说：“厂里同事送的。”

马公民从床边跳起来说：“啥同事这么热心？三天两头往别人家送东西？”

杨秀珍说：“你说说，你都打听到啥了？”

马公民说：“这还用打听吗，你们的事就差登报纸了，冬冬都告诉我了。我就知道你和何建军有一腿。你还让冬冬叫何建军爸爸，你让我戴了这么多年的绿帽子。我每天还大摇大摆地走在街上，我高兴我自己生了个儿子，我们祖上续上了香火，现在想起来，指不定何建军背后怎么笑我呢，指不定大街上的人在心里怎么笑我呢，别人嘴上不说，指不定心里在想，马公民这个蠢货，他媳妇给他戴了绿帽子，他还整天笑嘻嘻。”

说着，马公民把自己的嘴巴啪啪打出声音来说：“我将来死了怎么对得起我的爹，怎么对得起我爹的爹，我家的那些祖宗，我就算到了地狱，他们也不会放过我，因为我戴了绿帽子。”

杨秀珍刚想出言争辩，马公民打开窗接着大声对窗外说：“以后，我不叫马公民了。别人背后都叫我绿帽子大王，你们听好了，我现在叫绿帽子大王。”

马公民这句话故意说得很大声，要让周围的人都听见。与此同时，杨秀珍开始站起来收拾自己的衣服，她把自己所有的衣服都塞进箱子里，还有些冬天的棉衣太厚，实在塞不进去，她也不要了。

杨秀珍说：“咱们明天就去法院离婚！”

马公民也不甘示弱地说：“离就离，谁不离是小狗！”

马公民说：“今后，你走你的阳关道，我过我的独木桥。”

马冬冬这时一直躲在门外，他听见杨秀珍和马公民的吵架声，吓得不敢进去，当他看见杨秀珍瘦弱的身躯拖着一个箱子走出门时，他奋力跑上前抓住杨秀珍的胳膊跪在地上哭泣地喊：“妈妈，求求你别走！求求你别走！”

杨秀珍捧起马冬冬的脸，用袖子帮他擦干了眼泪。

李玉芳这时抢前一步拉过了马冬冬，阴沉着脸说：“孩子你带不走。”

杨秀珍在马冬冬号啕的哭泣声和邻居们的叹息声中消失在了灯光昏暗的巷口。

杨秀珍从家里出来以后去了何建军那里。

她穿过长长的街道，提着箱子走在路灯下，路灯照射的灯光并没有让她的内心感到一丝暖意，她看着眼前这个她生活了快十年的小镇，一会儿觉得陌生一会儿又觉得熟悉。当她出现在何建军宿舍门外的时候，何建军眼睛里的喜悦让她感到了一些温暖。

她对何建军说：“我决定离婚了，离开那个家。”

何建军拉过她的手说：“我和刘艳萍也快了。”

他们两个人像是在寒冬深夜里照亮彼此的火把一样，紧紧依偎在一起相互取暖。

杨秀珍说：“我放不下我的孩子，那是我怀胎十月从身上掉下来的一块肉呀。”

何建军说：“我会帮你找个好点的律师，我们尽量把冬冬的抚养权争取到，这样冬冬以后就可以跟着我们一起生活。”

第二十二章

自从纺机厂下岗以来，马公民已经很长时间没有工作，烟和床成了他最好的朋友。他经常骑的一辆凤凰自行车躺在车棚里也落满了灰，链条已经锈迹斑斑。现在的马公民和这辆尘封的自行车一样，都颓了。

这天，他的家里来了一个陌生的男人，这个陌生的男人对马公民说，他是杨秀珍和何建军聘请的律师，他现在就马冬冬的抚养权问题来沟通一下。

这个男人留着一小撮胡子，头发梳得整整齐齐，像是打了定型摩丝，鼻梁上戴着一副无边框的眼镜，和马公民比起来，他显得很瘦小。

律师说："我叫顾守时，是杨秀珍的律师，有些问题来问下你们的孩子。你们的孩子在吗？"

顾守时在说话的同时，从随身携带的一个公文包里拿出一张事先准备好的信纸，上面罗列着事先写好的几个问题，接着他又不慌不忙地从怀里取出一支钢笔。可以看出，他经常在不同的人面前做着相同的动作。

马公民紧张得心稍稍宽了下来，他对在房间里玩游戏的马冬冬喊道："冬冬，你出来，你快出来下。"

马冬冬飞快地跑到马公民身边。

随后马公民附在马冬冬的耳边小声嘀咕了一阵。马冬冬早已心领神会，他一点也不紧张，在律师到来的前晚，马公民家族的人已经给他深度洗了脑。

那些人关着大门，聚集在马公民家的堂屋里就像在开一场盛大的座谈会一样，把马冬冬围在中间。

马公民的二舅也被邀请来参加座谈会了，他用审判的口吻对马冬冬说："现在杨秀珍已经不是你的妈了，她是别的男人的女人了。她犯了生活上的错误，她扔下了你和你爸，现在不是你和你爸不要她，是她不要你们，不要这个家。所以，总之一句话，你现在没有妈了，你就当你的妈已经死了。等律师过几天来问你什么问题，你都要按你爸的回答说，听清了吗？"

随后每人都把马公民二舅的这段话对马冬冬说了一遍，马冬冬感觉他的大脑就像一只陀螺一样在这些人期待的目光下不停地高速旋转，那些大人重复说的话就像鞭子一样在一遍遍地抽打着这只陀螺，他的耳朵也像钻进了一群蚊子在嗡嗡地乱叫，怎么赶也赶不走。

现在，这个叫顾守时的律师先问了马冬冬几个无关紧要的问题，比如"几岁啦""学习成绩好不好啊""更喜欢爸爸还是妈妈啊”等一大堆在马公民看来不疼不痒的废话。

但在顾守时却认为这是一种对问话人的情绪引导和铺垫。

随后，他话锋一转开始步入正题问：“马冬冬小朋友，现在你告诉我，爸爸和妈妈离婚以后，你最想选择跟谁一起生活？这个问题很重要，你要想好再认真地回答我。”

没等马冬冬开口，马公民便抢答道：“孩子肯定是留在我身边跟我过的，谁都带不走。”

顾守时严肃的表情挤出一点笑意，道：“这个结果，我要听到孩子自己回答。他有选择的权利。”

马冬冬朝马公民的脸上望了望，他在马公民的脸上看见了焦急和催促，他又朝顾守时的脸上望了望，顾守时的脸上很平静，他脸颊泛起的笑容就像是他在学校上课被点名站起来回答问题时，老师脸上露出的笑容。

马冬冬没有犹豫，准确地说出了马公民的名字。坐在一边的马公民得意地点了点头。

在马公民心里，这场离婚就像是一场战役，在文化水平上，他输给了杨秀珍，在事业感情上，他败给了何建军，但在争夺马冬冬的抚养权上，他一定要获得全面胜利。这种胜利对于他而言，就像在干涸的沙漠里抢到了一片水源一样。

通知开庭的当天，马公民在家昏昏沉沉地睡了一天，因为他不到场，开庭又拖延了一天。

法庭最后把马冬冬的抚养权判给了马公民，判处杨秀珍一次性补贴马公民抚养马冬冬直至十八岁成年的生活费用，按照当地每月人口最低生活标准计算。

虽然杨秀珍极力在庭上申辩，她有能力做马冬冬的第一监护人。但法官说，这是当事人自己提出的意见，她的要求不予采纳。

开庭结束后，杨秀珍和马公民没有说话，他们彼此的眼神里充满了生疏，甚至带点仇恨，再找不见当初的一点熟悉。如果漫长的婚姻生活是一场面向未来的共同战斗，他们昨天还是战友，今天却是敌人，明天也许就是陌路人。

马冬冬不知道离婚是什么意思，但他走在街头巷尾总会听到那些邻居们背后议论的声音。

他们说："快来看，这个孩子多可怜，他是马公民的儿子。

"他爸爸妈妈离婚了。

"以后这个孩子就只有爸爸了。

"你们看他身上的衣服已经穿了好几天，就像从垃圾堆里翻出来的一样。

"没有妈妈的孩子真可怜。"

马冬冬低着头从他们身边走过，他们看他的眼神像充满着一种怜悯，又像带着一种嘲笑，更像是在沾沾自喜，露出事不关己的姿态。

他跑回家里问马公民："我妈妈去哪了，她怎么还不回来呀？"

马公民正在修理自行车的链条，满头大汗，他背着身，喘着粗气说："你怎么还提你妈，你妈已经走了，不要你了，不要这个家了，以后不许提她了。再提她就打屁股。"

马冬冬的眼泪顿时哗哗流下，像一场见风就下的雨，没有一点征兆。

没过几天，马冬冬的学校要开家长会。

马公民的娘拄着拐杖去了。

在一众年轻的父母中，班主任见到李玉芳很是意外，她把她叫到办公室问：“开家长会，怎么让你来了？”

李玉芳说：“我不是个人？我就代表娃的家长。”

班主任说：“你还是回去让马冬冬的父母来吧，你看我们这些家长都是孩子的父母坐在这。”

李玉芳说：“他们都来不了，你有事就交代我吧。”

班主任说：“那好，你回去跟他的父母说声，马冬冬现在上课不认真听讲，经常开小差。”

李玉芳着急地问：“他开到哪里去？”

班主任以为她耳聋，大声道：“你没懂我的意思，我是在说他的学习情况，打了个比喻。”

李玉芳说：“比喻是个什么？”

班主任见无法跟李玉芳沟通，便说：“你还是回去让马冬冬的父母来吧。”

杨秀珍在街上遇见马冬冬的班主任。

班主任说：“今天我们学校举行家长会时，马冬冬的奶奶来了。她拄着拐杖差点摔倒在我们学校的台阶上，我对她说孩子现在上课经常开小差，她完全听不懂，答非所问。

“要不明天你去下吧，她一把年纪了，跟我们不是一个年代的人，尽闹笑话。”

第二天家长会快要开始的时候，杨秀珍来了，李玉芳也来了。

杨秀珍走进课堂，焦急地说：“我是马冬冬的妈妈，来开家长会的。”

班主任抬起头，刚想说话。后面响起一个急促而又苍老的声音。

刚想回头，那声音已到跟前，李玉芳喘着气说："她不是孩子的娘，她不是家长。"

班主任竟一时不知该说什么。

李玉芳继续说："她是个坏女人，早就离开我们家了，她连娃都不要了，她还有什么脸来开家长会。"

马冬冬把头深深地埋进课桌里，班主任也退到了一边，全班的同学兴致勃勃地观看讲堂上李玉芳和杨秀珍争吵的画面，在他们心里，这短暂的画面又可以消耗掉一些上课的时间，于是都感到了充分放松。

马冬冬被他奶奶接走后，班主任拉着杨秀珍说："你们大人的事情，可别影响孩子。孩子该怎么教育还怎么教育，心理健康很重要。"

说着，她摊开马冬冬的作业本，上面打着很多红叉。

自从家长会回来后，杨秀珍的心情就一直没有好过。虽然生活上何建军百般呵护，但内心里，她总觉得缺少什么，马冬冬是她怀胎十月从身上掉下来的一块肉，他的一举一动都和她心灵相通，看不见马冬冬，她的心就像被某种东西吊着，始终无法安稳。

一个阳光温和的下午，课外操场上，马冬冬正和几个同学玩得欢快，他的头上挂满汗珠，衣袖口上也沾满了污渍。一个女人的出现打断了孩子们的叽叽喳喳。

杨秀珍悄悄走到马冬冬的身后轻轻拍了下他的肩膀，她幻想儿子第一眼看见自己久违的喜悦和兴奋。

马冬冬惊奇地转过头，杨秀珍已经有段时间没出现在他的生活里。这面孔曾经是那么熟悉，现在却又有些陌生。他脑海里快速闪现出座谈会议反复出现的几个词："坏女人，敌人……"

"过来，让妈妈仔细看看。"杨秀珍小声说。

马冬冬似乎没有听见她说的话，他一边推搡着一边说："你是坏人，你快走。"

杨秀珍失望地愣在原地。

马冬冬根本不理睬杨秀珍，他对杨秀珍说："你快走，你再不走，我就要躲到男厕所里啦。"

这时围拢过来的同学越来越多，他们齐声团结在马冬冬的周围，要把他送进男厕所躲避，他们边走边齐声说："快走开，坏人，快走开，坏人。"

杨秀珍的心情糟透了，她把一个黄色信封放在了马冬冬的手上，匆匆离开了学校。

马冬冬在放学的时候躲在厕所里拆开了那张黄色的信封，一张崭新的五十元人民币出现在他的眼前。这张人民币摊开的时候比他的两个手掌还要长。他从没有见过这么大面值的钱。

马冬冬把信封扔在了厕所里，把钱叠成了一个小方块，刚好塞进裤袋里。放学的时候他一只手一直插在裤袋里把钱攥在手心直攥出了汗，到家后上交给了马公民。

马公民知道杨秀珍去学校的事情后，极其严肃地对马冬冬说："以后你要跟你妈保持距离，划清界限。保持距离就是不要让她靠近你，碰到你，划清界限就是不要她买的任何东西。"

随后，他又想了下说：“把送的东西都扔到厕所里去，钱带回来。”

马公民看着冒着热气的五十块钱说：“这五十块钱我没收了。”说完把钱放进了自己的口袋里。

第二十三章

马冬冬爸妈离婚的消息飞速地在学校传开了。

马冬冬看见他的小伙伴们在操场上欢快地玩耍，阳光把他们的脸和身子晒得黝黑，像一条条光滑的泥鳅。他兴奋地走过去想要加入他们。

张兵兵看见马冬冬走过来，对别的小伙伴说："走，我们换个地方玩。"

马冬冬说："你们也带我一起玩吧。"

张兵兵嚼着棒棒糖说："你妈和别的男人跑了，我们不能带你玩。我们的妈妈都没有跟别的男人跑。"

谢阳阳在旁边补充说："不是跑了，是离婚了。"

张兵兵又说："你的妈妈和你爸爸离婚了，我们不能跟你玩。我们的爸爸妈妈都没有离婚。"

马冬冬生气地指着他们说："不准说我妈，我妈不是坏人。"

张兵兵把棒棒糖嚼得咯嘣响，嬉皮笑脸手舞足蹈地说：“我就说，我就说，你妈是坏人，你妈是坏人啊。”

谢阳阳也跟着手舞足蹈地说：“你妈是坏人，坏人是你妈啊。”

马冬冬心底埋着的炸弹被瞬间引爆了，他一把抢过了张兵兵手里剩余的棒棒糖用力甩了出去，又一脚踢在了他的肚子上。张兵兵疼得哎哟一声抱着肚子在地上打起了滚，谢阳阳和马冬冬也滚在了地上，扭打在了一起。他们的衣服滚在水泥地上，又滚在了泥土地上，他们互相用手揪着对方的头发，直到他们班主任到来的时候，他们才各自松开了手。

张兵兵在地上躺着说肚子疼，被学校医务室的人送去了医院。

班主任把马冬冬和谢阳阳叫到了办公室。

班主任叫他们立正站成一排，严厉地问：“谁先动的手？”

马冬冬和谢阳阳都没有说话。

班主任又让他们站在门外，面朝着墙壁。直到他们小腿开始发麻不停抖动的时候，班主任在里面叫：“你们想清楚了再进来。”

他们一起走进去。

马冬冬说：“是我先动的手。”

谢阳阳说：“是我们先骂的人。”

班主任问：“先说骂了什么。”

谢阳阳说：“我们骂了马冬冬的妈妈，我们骂他妈妈是坏人。”

马冬冬接过说：“所以我就动了手。”

班主任面向谢阳阳问：“你们为什么要骂马冬冬的妈妈？”

谢阳阳说：“因为她离婚了，所以我们骂了她。”

班主任说：“你们才多大点年纪，你们懂离婚是什么吗？你骂马冬冬的妈妈，马冬冬肯定生气，如果马冬冬骂你们的妈妈，你们生气吗？”

谢阳阳低着头说：“我以后再也不骂马冬冬的妈妈了。”

班主任点点头又面向马冬冬说：“他们骂你的妈妈，你可以向老师反映，老师会教育他们，你怎么能动手打起架来呢？同学之间要互相团结友爱，我跟你们说过多少遍了，你们怎么听不进呢？”

班主任说：“马冬冬，现在张兵兵被送去医院了，你回家通知你爸爸去看看，送点钱去吧。”

班主任最后总结性地说道：“以后你们再动手打架，每人罚抄当天课文五十遍。”

马冬冬一路上慌慌张张跌跌撞撞地跑回家，他想自己刚刚并没有用多大的力气，张兵兵怎么会被送往医院呢，他回到家把事情和马公民说了一遍。

马公民正准备拿着火钳给炭炉加火，他把烧过的发红的煤炭从火炉里一个个夹到地上，只留了最后一个在里面，然后又添进去几块新煤。刚开始一听马冬冬把别的小朋友打了，他立即眉心一紧，火冒三丈，喉咙里也发出了哼哼的闷声，但当他一听是因为那个小男孩骂了杨秀珍而不是他，他悬着的心又放了下来。

他说：“那些小男孩为什么要骂杨秀珍？”

马冬冬说：“因为他们说我妈离婚了。”

马公民说：“嗯，他们说得不错，那你为什么要动手打架？”

马冬冬说：“因为他们说我妈是个坏人。”

马公民说：“他们有没有骂我？”

马冬冬说：“没有。”

马公民说："既然这样，这个事轮不到我去送钱。"

马冬冬说："可老师说了，要去医院送钱。"

马公民说："这钱要送也应该去找杨秀珍要，找你妈要，是他们骂的她，他们没有骂我，说明他们虽然年龄小，还懂个一二。你现在去找杨秀珍，也就是你妈，你去找她要，你就说你在学校被别的小男孩骂了，骂的是她。然后你把别的小男孩打伤了，现在需要去医院送钱，你就这么说给她听。"

马冬冬说："如果她不给呢？"

马公民站了起来："她不会不给的。她不给，姓何的也会替她给的。"

马冬冬刚准备跑出门外。

"等等……"马公民又叫道，"见了那个男人不准叫他爸爸。"

"那我叫他叔叔。"

"叔叔也不许叫。"马公民说，"你就当他不存在。"

马冬冬来到杨秀珍和何建军的门外，他看见门半掩着，听到屋内有人在说话。于是他跑到旁边的小路上转了一圈，他从杨秀珍他们的屋子又跑到旁边小路的尽头，尽头是一条小河，有几个女人蹲在岸边洗衣服，他又从小路的尽头跑回杨秀珍他们屋子外。他看见屋门还是半掩着，屋内还有人在说话。于是，他又趴在窗户边伸着脑袋看了下，又把头缩了回来。

何建军发现窗边多了一个小孩的脑袋，便打开门快步走出来，他发现是马冬冬，一把把他抱进屋里。

杨秀珍看见儿子很兴奋。

何建军说："今天来想吃什么？"

马冬冬说："你不要再给我买汽水啦，我的爸爸不允许我叫你爸爸了。"

马冬冬继续说："也不允许我叫叔叔。"

何建军问："那叫什么？"

马冬冬说："他没有说，我也不知道。"

马冬冬对杨秀珍说："事情是这样的，我在学校打了我的小伙伴，他被人送去医院了，他骂了你，说了你很多坏话，我朝他的肚子踢了一脚，老师让我回家喊家长去医院送钱，但是我的爸爸不给钱，让我来找你要钱。"

杨秀珍说："这个马公民真是越来越浑蛋了。"

何建军说："算了，什么都别说了。"

说完，杨秀珍拉着马冬冬去了医院。

过了一段时间，人们看见何建军揽着杨秀珍的腰走在大街上，他们先去饭店吃了早茶，然后走进了一家卖衣服的店，他们在店里面逛了一会儿就出来了，接着又走进了一家做皮鞋的店，他们在皮鞋店里待了很长时间，皮鞋店的老板好像是何建军的朋友。

杨秀珍对何建军说："我们这样走在街上是不是不太好，认识我们的人都很多，他们都知道我们离过婚。"

何建军丝毫不在意地道："怕什么，有什么好不好的，我们就是要让那些对我们指指点点的人好好看看。"

这些话很快就传到了马公民的耳朵里。

别人对马公民说："你的女人，哦，不，你的前女人正和何建军公然走在大街上，何建军还揽住了杨秀珍的腰，你也去看看吧。"

马公民说："有什么好看的，我娘昨晚死了，我要给她办丧事，什么事都没有我娘重要。还有，别再跟我提那两个人。”

李玉芳是昨天晚上吃饭时突然从饭桌上倒下去的，她倒下去之前完全没有一点征兆，但是菜场卖菜的人说，他娘的死是有征兆的。他娘白天去买菜，从裤兜里掏出了两毛钱给卖菜的人，卖菜的人拿着两毛钱在她面前晃来晃去，说：“应该是给两块，你怎么给的两毛？”

他娘说：“你又想糊弄我，明明掏的是两块，你怎能说是两毛呢，看来是存着坏心思哩。”随后她又掏出两块给卖菜的人说：“既然两块不要，就给你两毛吧。”

马公民的娘倒在地上的时候，那会儿马公民正在一个朋友家喝酒，他回到家看见他娘倒在地上，马冬冬告诉他，奶奶睡着了。马公民把他娘从地上扶起来又抱到沙发上，他俯在他娘胸口听了听，像没了心跳，又用两根手指在鼻孔下面来回探了探，也感觉不到气息，他又用力地掐他娘的人中，他娘一点反应也没有。

他浑身瘫软在地，痛苦地大叫了一声：“我的娘呀！”

第二十四章

马冬冬一个人走在街上。

一个打扮妩媚的女人站在炸童子鸡的推车旁正朝他热情地招手。

马冬冬走过去定睛一看，惊喜地叫道："哇，莎莎姐姐。"

马冬冬说："我的爸爸妈妈离婚了，现在没有小伙伴愿意和我在一起玩了。"

田莎莎啃着手上的鸡腿说："一会儿我带你去一个好玩的地方。"

马冬冬看了一眼田莎莎手中的鸡腿，咽了一汪口水说："我也很想吃鸡腿。"

田莎莎咯咯地笑了，从她的嘴角滑落一些鸡腿的肉掉在地上被路边的小狗叼走，她看着马冬冬仰起的脸，把手中啃剩下的半个鸡腿递给他，擦着嘴说："还有一半，你自己拿去吃吧。"

马冬冬望着面目全非的鸡腿，实在难以下咽，又把鸡腿递给田莎莎说："莎莎姐姐，我不想吃你啃剩下的，求求你帮我再买个鸡腿吧，我已经很长很长时间没吃过鸡腿啦，我真想尝尝它的味道呀。"

田莎莎又把鸡腿夺过来说："算啦，今天我心情好就赏你个鸡腿。"

马冬冬高兴地说："莎莎姐姐真好！"

他们两个人啃着鸡腿走在路上，刚出锅的鸡腿还有点烫，马冬冬边啃，嘴里边发出一阵"呲……呲……"的声音。

马冬冬说："莎莎姐姐，你今天头发变成了波浪的样子，你的脸上好像比以前白了，你的嘴唇上也变红了，你的肩上还挎了个小红包，你的鞋子走在路上一直发出咚咚咚的声音，就像是我们老师上课在敲桌子一样，你是准备出远门吗？"

田莎莎说："我不准备出远门，我一会儿要去电影院旁的歌舞厅。"

马冬冬问："我能去吗？我也想去看跳舞。"

田莎莎说："你懂什么叫跳舞吗？跟你说了，你也不懂，等你长到我这么大，你就懂了。"

马冬冬说："我真想快点长大呀！"

田莎莎说："你的爸爸和你妈妈离婚了，你是更喜欢你爸爸还是你妈妈？"

马冬冬说："为什么总有大人问我这样的问题？我也不知道。我的爸爸不给我买变形金刚，我不喜欢他，我的妈妈和一个叫何建军的人在一起了，不要我了，我也不喜欢她。"

田莎莎说："你这个小人儿脑袋里装的东西还真不少。"

他们一路说着话，啃着鸡腿穿过了一条长长的巷子，又走上了一条长长的街道，最后在鸡腿快要啃完的时候，才在一个挂满彩灯的铁门前停下。

看见马冬冬和田莎莎在一起的人经过马公民家时，好心地说："马公民，你的儿子正和那个不学好的田莎莎在一起，你快去看看吧。"

马公民躺在沙发上说："知道了。"

一会儿又有人跑过来对马公民说："马公民，你的儿子怎么会和那个抢劫犯的女儿在一起？他们要去什么地方？我看他们啃着鸡腿有说有笑地走去了街东头，你知道他们去干什么吗？"

马公民依然躺在沙发上说："哦，知道了。"

田莎莎和马冬冬走进铁门，来到一处闪烁着霓虹灯光的门前。

马冬冬抬头看见霓虹灯光上面有几个发光大字"粉色天空"。

马冬冬问："为什么这个舞厅的房子墙上是粉色的？不是白色的，红色的？为什么我看见外面停了很多车？为什么这里的女人也和你一样头发变成了波浪的样子，脸上也和你一样白，嘴唇上也涂了红色？他们的鞋子和你的鞋子一样，走在路上也发出咚咚咚的声音？"

田莎莎说："你的小嘴巴像机关枪一样，烦死了，你走到哪里都要问为什么，你的身上是不是带着《十万个为什么》？"

马冬冬说："我的身上没有《十万个为什么》，为什么这个舞厅的名字叫粉色天空，不叫蓝色天空、黑色天空？"

田莎莎说："你快别烦了，我要开始陪别人跳舞了。"

说着，他们迈入舞厅。

这时，一个年纪大点的女人从一条漆黑的过道，迈着咚咚咚的步子走了过来，她着急地埋怨道："田莎莎，你怎么才来，人都等急了。"

随后，她看见田莎莎身边的马冬冬，便伸手捏了下他的嘴巴说："这小嘴巴真肥。"

马冬冬坐在舞池边的沙发上。舞池中间蓝色的灯光在地面飞舞，时而聚拢，时而散开，时而又变成其他颜色的灯光，马冬冬看着舞池上方的一个灯球，五彩斑斓，头晕目眩中瞥见一个陌生的男人揽着田莎莎的腰向舞池中间走去，蓝色紫色红色的灯光在他们身上追逐嬉戏，一会儿他们就淹没在舞池的人群中。

这时有两个女人走了出来，她们坐在了马冬冬的身边，她们一个长发，一个短发，她们的屁股都很大，坐下的时候，沙发都凹陷了进去。她们看见马冬冬后也捏了下他的嘴巴，马冬冬左边的嘴巴和右边的嘴巴都被她们捏出了红印，捏出了油，火辣辣地烫。

长发的女人说："田莎莎的舞跳得越来越有节奏了。"

短发的女人说："前几天带她被踩了多少回脚，到现在脚指头还没缓过来呢。"

长发女人捂着嘴露出一脸的笑。

这时，一个男人突然从外面冲进舞池，扰乱了这里的一切，随着一阵扭打和嘶叫的声音，舞池的灯球停止了转动，那些地上闪烁的碎片光影就像瞬间被收了回去，不到一会儿，马冬冬听见了警笛的声音在门外响了起来。

告诉马公民看见田莎莎和马冬冬在一起的人这时又跑来对马公民说："大流氓田彪的女儿还有好多人被警车带走啦，你快去看看吧，听说这次从歌舞厅带走了不少人，具体的我也不知道了。”

马公民熄灭了手上的烟，从沙发上站了起来。

马冬冬被马公民抱在手上走回家的时候，一路喊着“我要吃鸡腿”，他的声音回荡在大街上。马公民回到家把马冬冬放在沙发上，气冲冲地道：“太不像话了，现在你的妈不管你，只有老子管你。田莎莎是什么人，是大流氓的孩子，不是好人，你为什么要跟那个流氓的女儿在一起玩？你是不是长大了也想当流氓？你跟她后面，你现在就是个小流氓。”

马冬冬说：“莎莎姐姐给我买过鸡腿。”

马公民说：“一个鸡腿，你就听她的话啦？一个鸡腿，你就跟她跑啦？”

马冬冬说：“爸爸，你又没给我买过鸡腿。”

马公民说：“你不听话，我给你买个屁吃。”

第二天在歌舞厅和电影院门前出现了一张告示，告示上面写着歌舞厅打架犯事被抓的人的名字以及在逃人员的名字，其中田莎莎的名字特别醒目。

马冬冬问：“爸爸，莎莎姐姐会被枪毙吗？”

马公民说：“不会。”

马冬冬又问：“爸爸，你看见过枪毙吗？枪毙是什么样的？”

马公民说：“你真烦。”

说着，他做了一个开枪的手势顶在马冬冬的右脑袋旁，说：“就像这样，然后砰的一声，就是枪毙了。”

马冬冬把这个手势也用在了张兵兵和谢阳阳的脑袋上，随后张兵兵和谢阳阳又把这个手势用在了他脑袋上。来回弄了几次以后，他们说，真好玩。

张兵兵说："想不到莎莎姐姐要被枪毙了，真可怜。"

谢阳阳说："莎莎姐姐那么凶的人，说死就死了。"

马冬冬说："我可没说过莎莎姐姐会被枪毙。她只是犯了错误。"

张兵兵说："对，我爸爸说杀了人才会被枪毙。"

马冬冬说："我告诉你们，我还坐了警车。"

他们紧张地问："你也犯错误了吗？"

马冬冬说："没有。"

他们又问："你没犯错误，为什么要坐警车？"

马冬冬说："说了你们也不懂。"

马冬冬说："我还看见了夏春春的爸爸。"

他们问："夏春春的爸爸也犯错误了吗？"

马冬冬说："我还是什么都不说了，说了你们也不懂。"

随后，他们又来到了废品收购站。

当他们准备从围墙翻进去的时候，发现围墙已经拆了，场地上曾经堆放的烂铁块也已经不见踪影，地上烙印着一道又一道深深的铁锈。他们又走到正门，那个秃顶老头仍然半躺在裹满漆黑污渍的木椅上，只是他们发现大门口的狼狗不见了踪影，铁链还在。

老头看见他们走进来，他站起来向他们挥手道："这里不收铁了，你们快走吧。"

马冬冬问："为什么不收铁？"

"要关门了。"老头说，"前段时间，夜里被人偷走了很多铁，看门的狼狗也被毒死了。"

马冬冬他们听见大狼狗被人毒死了，眼泪一下挤满了眼眶。

虽然那条狗曾经令他们害怕过，但是他们每次的到来都和大狼狗在无形中建立了一种纽带般细微的情感，有时候当他们靠近它的时候，它甚至能辨认出他们的气味，不再对他们咆哮。

张兵兵攥紧了拳头，咬着牙，凶狠地说道：“大狼狗是我们的朋友，我们要为大狼狗报仇。”

老头似乎没有听见他的话，对他们淡淡地摆手道：“你们快走吧，我也要回家了。”

于是，他们三个人失落地走出废品回收站，他们来到大门外的河边。他们曾经每次卖完铁都要来这里捡起地上的小石子玩一会儿打水漂，比谁的石子弹出的浪花更多更远。

他们在河边上干坐了很长时间，也没有兴趣捡起石子，没有人开口说话。

这时，一艘大轮船从他们面前鸣着笛声缓缓驶过，轮船的后面拖着十几条囤满黄沙的货船，船舱被压得很低，船头的甲板似乎在贴着水面前行。他们看着这些像冰糖葫芦一样连成串的大船，内心没有感到一丝兴奋，也没有跟着它们奔跑，他们谁都没有站起来去数大船的后面拖了多少条货船。船桨划出的浪花猛烈地拍打着他们脚下的河岸，溅起的水花打湿了他们的裤脚，那浪花拍打河岸的声音就像他们心里此时的愤怒在一遍遍地呐喊。

他们目送着那些大船开出天际，消失在远处。

马冬冬站起来说：“我发誓，从今以后我再也不当小偷了。”

张兵兵也站起来说：“我也发誓，我从今以后也不当小偷了。”

谢阳阳站起来说：“对！谁要再当小偷，全家死光光。”

“死光光。”

他们一起用力地朝着远方叫喊道。

第二十五章

马公民又准备去找刘所长了。

现在马公民的爹死了，他的娘也死了，他要自己一个人去找刘所长了，他不知道他自己一个人去，刘所长会不会再帮他介绍工作，但想想之前去纺机厂那么好的单位也是他自己一个人去找的刘所长。这么想着，他又去街上买了几只野生甲鱼。

当他走出门经过姜小梅家那条巷子的时候，发现姜小梅家门前聚集了很多人，发出很响亮的吵闹的声音。

他走过去停住脚步，人群围着的中间站着几个膀大腰圆的男人，这几个男人把袖口都挽到了肩头上，露出了强壮野蛮的肱二头肌，颇有一副立即开始干架的态势。

他们说："你们都是夏小光的邻居吧？这个畜生输给了我们几万块钱，人就躲起来了。我们怎么也找不到他，只好到他家里来找了。

“他赢了我们钱的时候，笑嘻嘻地抽着好烟喝着好酒，去歌舞厅大把地甩钱，他怎么就没想到他也有输钱的时候呢？

“你们也认识姜小梅吧？就是夏小光的女人。你们知道她去哪了吗？我们要找着她，她肯定知道她丈夫藏在哪，夫债妻还是天经地义的事情，就算她把她丈夫藏进地洞里，我们也要挖地三尺把他给刨出来。

“你们放心，你们告诉了我们夏小光在哪，我们不会打死他，我们会跟他好好地讲讲道理，问问他为什么不想还钱。

“他们的儿子也不在家，我们不会去打一个孩子的。”

围观的邻居低声对马公民说：“夏小光这下翻不了身了，自己倒霉还连累了一家子，真是缺德。”

马公民想起了夏小光曾经在邮局上班，倚靠在绿色凤凰自行车旁威风凛凛警告自己的画面，心中不悦地说：“活该他倒霉，他和他爹一样，太把自己当回事！”

他刚说完又想到了姜小梅，觉得自己在这时候落井下石有点不厚道，于是他又说：“这赌钱的事，谁粘上了都得倒霉。”

他快步走过这场闹剧，穿过大街，向刘所长家的巷子径直走去。

刘所长家的门没关，他依然躺在藤椅上，藤椅的木色已经黯淡无光，刘所长头上之前的几撮头发都掉光了，他的头顶现在像铺了一层白绒绒的毛絮，他的肚子也没有以前那么大了，衬衫口袋的钢笔早已不知去向。他躺着的时候，胸脯两边的肉垂在了腰间的蓝色裤衩上。

马公民憨笑着把一袋甲鱼放在地上，从裤袋里单独掏出一根烟递给他，他连忙摆着手说："不用拿烟，现在不抽了，肺上查出来有炎症。"

马公民说："刘所长，你还认得我吧，我是马三斤的儿子。"

刘所长已记不起马三斤是谁，他说："多少年过去了，我早不当所长了。"

马公民说："我爹马三斤，就是以前在六一桥卖烧饼的。"

刘所长说："我年纪大了，现在记忆力不好了，你说的是多少年前的事了。"

马公民说："刘所长，你帮我找过工作，先是去兽医站，后来又到纺机厂……"

刘所长说："你说的这些，我一样都记不起来，你就说，你今天到我这来干什么来了？"

马公民把装甲鱼的袋子往前推了推，堆着笑说："这不是下岗了还想麻烦你帮忙再看看哪有合适的地方能去。"

刘所长说："你这个人怎么回事？我刚才已经告诉了你，我早不当所长了，退休了，你是和我一样老了，耳朵听不清话了吗？

"你快走吧，我现在身体不能激动。

"这袋子里爬来爬去的是甲鱼吧？也带走，我现在不吃甲鱼了。

"甲鱼这玩意，吃得太多，损伤肝脏 ，血尿酸升高，还容易引起消化不良，还是吃鸡好，吃多少都不影响身体健康。

"算了，和你说这么多也没用，你快走吧。"

马公民边往外走边悻悻地自言自语道："要不是何建军那个王八蛋，我……"

刘所长条件反射地从藤椅上站了起来说："站住，你刚才在说何建军，你的爱人叫什么？”

马公民问：“你也知道何建军？”

刘所长急切地说：“快说，你的爱人到底叫什么？”

马公民说：“她叫杨秀珍。”

刘所长勃然大怒道：“我知道你是谁了，你是当年六一桥卖烧饼的马三斤的儿子，你叫马公民。”

马公民一拍大腿兴奋地说：“没错，我就是马公民，我爹是马三斤，刘所长，你全想起来了。”

刘所长也拍了一下大腿继续叫道：“我全想起来了，杨秀珍勾引了我女儿的丈夫，你竟然还敢再闯到我家门上来，你是不知道马王爷长几只眼。”

马公民疑惑地问：“你姓刘，难道你的女儿是刘艳萍？”

刘所长说：“不错！我的女儿喜欢何建军，她是多么优秀，多么有才华，他们多么般配，他们才结婚两年还没有孩子，何建军就跟她离了婚。”

马公民补充说：“一个巴掌拍不响。”

刘所长叫：“你什么也不用说了，你拿着你的王八滚出去，你祸害完我的女儿现在又想来祸害我了，你这个祸害，王八。”

马公民说：“是何建军和杨秀珍祸害了你女儿，不是我，他们才是一对王八。”

被刘所长赶出来，马公民心想，刘所长真的是老了，他一点是非也不分了，他再也不是当年那个走路把手背在屁股后面意气风发的刘所长了，他也不可能再有力气捏他的小鸟了。小鸟杀手的记忆就像陈年的日历一样要翻过去了。

马公民重新走在大街上，他气愤地把几只王八甩到了远处的地上。他远远地看见一个穿着深红色呢子上衣的女人走在大街上，那个女人的头发披在肩上，她的下身却穿着一条短裤。

马公民心想，这是哪里冒出来的神经病，夏天还穿起了冬天的衣服。

他走近了一看，差点惊叫出来，这个神经病不是别人，正是姜小梅。

姜小梅穿着深红的大衣，见人就笑嘻嘻地问："你们看到我身上穿的呢子大衣了吗？这是我的丈夫夏小光结婚给我买的，我平时一点也舍不得穿，现在我穿在身上，你们觉得漂亮吗？你们不说话就是默认了，对不对？"

姜小梅随后又说："你们知道夏小光吗？他是我的丈夫。你们看到他了吗？你们告诉我他去到哪里了。他已经好长时间没回家啦。

"我的丈夫被别人骗去赌钱了，输了好几万了，好几万呀，你们知道吗？你们见过好几万吗？他把饭店都输给了别人，来我们家要钱的人排成队把我家的门槛都踩平了，家具也搬光了。我们家现在所有的钱和东西都被他输光了，我把心都扒给他了，你们说他还是我丈夫吗？

"他不是我的丈夫了，我没有丈夫。但是我有一个儿子，我的儿子叫夏春春。我的儿子是我自己生的，不是和别人生的。不对，我的儿子不能用那个浑蛋的姓，我的儿子应该叫姜春春。我的儿子呢？你们看见我的儿子了吗？"

姜小梅走过马公民身边，又回过头用手指着马公民咯咯地笑着说："我好像认识你，你爹是个做烧饼的，你是不是想和我好呀，不过你没有机会了，我已经嫁人了，我的丈夫是夏小光。你不要碰我，你碰我，我的丈夫一定会把你的脸打成一个烧饼。"

"哈哈……哈哈……"

姜小梅一路走着，一路笑着，她看见了陌生的人又重复了刚才说的话。

围观的人纷纷对马公民说："这娘们儿疯了，绝对疯了，你最好别惹她。"

围观的人又说："这个夏小光自己躲起来，把他媳妇害成这样，多好的孩子呀就这么毁了！"

姜小梅说着话爬上了一栋小镇上在建的最高的楼，虽然还不到十层，但是对于一向恐高的她来说已经像万丈深渊了。她站在高楼上俯瞰着整个小镇，小镇的四周环绕着河流，河流的远方有田野、小桥，她闭上眼睛仿佛能听见脚下有流水的声音，就像在她耳边奏乐一样。她找到了自己家所在的位置，自己工作过的饭店所在的位置，她又看到了远处有几个工厂里的烟囱正往外冒着滚滚的白烟，她的耳边又响起了夏小光娶亲时在她家门口放鞭炮的声音。

她觉得她这一生真是命运多舛，还是说命运从来没有眷顾她。

她每往前迈一步就在心里痛骂夏小光一遍，她每骂一遍，她的身体就要颤抖一下，似乎她每迈一步都耗尽了全力。

此时楼底下已经聚集了很多人，很多人的声音仿佛就在她的脚底下。那些人脸上的焦虑、恐惧、关心、怜爱、轻蔑、嘲笑，都和他们发出的声音一样被她踩在了脚底下。她勇敢地往前迈了一步，这一步让她从接近十层楼的楼顶像一块豆腐一样重重地砸向了地面，发出了“咚”的一声摄人心魄的闷响。

人们围在她身边，又不敢靠近，她上一秒还活蹦乱跳着说话，这一刻却安静地趴在了地上，她的脑浆也像破碎的豆腐一样洒了一地，她的鼻子也深深地凹了进去，额头汩汩地往外渗着鲜红温热的血液，血液一会儿就流成了一汪血水。

马公民在人群中看到这一幕吓呆了，他见过他爹死，见过他娘死，但他从没有见过这样的死法。姜小梅这般惨烈的死法就像一根尖锐锋利的钢针猛地刺在了他的心口上。他蹲下身子抱起了头，热泪顺着脸颊灌进了脖子里。

这一夜，他在床上辗转反侧，直到天蒙蒙亮也没有睡着。

过了几天，他想去姜小梅的爹家安慰一下老姜，死了女儿，她爹心里肯定非常难受，不管怎么说，当时他爹和姜小梅的爹都是默认了他和姜小梅在一起的，只是后来缘浅情薄，造化弄人。现在姜小梅死了，这并不是他的罪过，不能因为他没有和姜小梅好，就把姜小梅悲惨的命运强扣在他身上，姜小梅的路是她自己选的，这样想着，马公民来到了卖冰棍的老姜门前。

他用力敲了敲门。

没有应答，他又用力敲了敲门。

门还是没有开。

一个人飞奔过来对马公民说：“不好了，姜小梅的爹拿着一个锣上街了，他是不是看他女儿走了，也打算从那个十层楼的楼顶往下跳？”

马公民火速来到了大街上。

老姜是从六一桥上开始敲锣的，他边敲着锣边迈着步子。

他敲了一声锣说：“我是卖棒冰的老姜，我的女儿叫姜小梅。你们不知道，姜小梅不是我亲生的，当年我就是在这座六一桥上看到她，把她捡回家的。”

他又敲了一声锣说：“我女儿一世没有享到福呀，虽然她不是我亲生的，但是我这几十年一直把她当作比我亲生还亲的女儿对待。我的女儿对我好啊，当我夏天要出摊卖棒冰的时候，我的女儿总会拉着我说：‘爹，天太热了，你在家歇歇吧，我去卖。’当我流着汗走进家门的时候，我的女儿总会第一时间拿着毛巾来擦我脸上的汗。我的女儿对我说：‘爹你别累着了，将来我养你。’”

老姜呜咽着敲了第三声锣说：“但是我的女儿命苦啊，她当初看上了马三斤的儿子，马三斤的儿子没有看上她。后来老夏家的儿子看上她了，她也答应了亲事。老夏家的儿子有个体面的生计，还说要给我女儿开个饭店，后来饭店也开了，但是没开多久就关张了。我的女儿对我说：‘爹，不用你操心，再怎么难，不会少你一口饭吃。’”

老姜敲了第四声锣说：“后来我才知道，是老夏家那个王八蛋浑蛋儿子赌钱把饭店都赔光了，他赌钱从没赢过钱，净往外输钱，我也不知道他是不是着了赌钱的魔了，他自己浑蛋不正经过日子也就算了，可他竟然还要把我女儿赔给人家，我女儿是活生生被他气疯了、气傻了，做了呆事、不可挽回的事。要是让我逮着这个浑蛋王八蛋，我老命不要了，我都要把他千刀万剐，扔到臭水沟里，让他遗臭万年。”

老姜敲最后一声锣的时候，他刚好走到了姜小梅跳楼的地方，他抬起头望着高楼，深邃混浊的眼睛老泪横流，他重重地敲了一声锣说："我的好女儿，爹来看你了呀，有什么大不了的，夏小光不要你，爹可要你哩！你不是没人疼的可怜娃呀！你生生世世都是爹的心头肉呀！"

当围观的人以为老姜也会像姜小梅那样说完话爬上十层楼时，他们左右挎住了老姜的肩膀，老姜的眼泪也打湿在了他们的衣服上，老姜使尽全力挣开了他们，他转过身把锣一扔，瘫坐在地上说："虽然黄土埋到了我脖子，但我还不能死呀，我还没有抓住夏小光那个王八蛋，我死也不会瞑目，我还有我最亲的外孙子呢！"

第二十六章

在马冬冬即将放完暑假准备开学的时候，马公民躺在沙发上做出了个让人出乎意料的决定，他对马冬冬说："你过来，你现在就走过来。你怎么还不听我的话？你再不过来，我就要撕你耳朵，打你屁股了。"

马冬冬怯怯地向马公民走了过去。

马公民说："你知道你的爷爷吧？"

马冬冬摇摇头，说："我没见过我爷爷。"

马公民从沙发底下拿出马三斤的相框，指着相框里面庞消瘦的男人说："这就是你的爷爷，你的爷爷叫马三斤，也是我的爸爸，他以前是个卖烧饼的，卖烧饼的人能有多少钱，他经常对我说他年轻时候吃不饱饭的事情，还有人去卖血的事情，你懂吗？"

马冬冬继续摇摇头。

马公民伸出手臂，挽起袖口，说："卖血就是家里穷得没有米下锅了，就是什么也没有得吃了，什么也没有得卖了，就只能卖身上的血了。”

马冬冬问：“爸爸，你卖过血吗？”

马公民把袖口放下来，说：“爸爸没有卖过血，我不是要跟你说卖血的事情。我的爸爸，你的爷爷还跟我讲过，一粒米七斤四两水。”

马冬冬摇摇头。

马公民说：“算了，我也不是想跟你讲米等于多少水的事情。我是想跟你说，我比你大不了多少的时候，我就帮着我的爸爸开始干活了。

“天还没亮，我就被他叫起床去和面，打水，剁葱，生炉子……

“后来我就被他托关系把我送去兽医站上班了。”

马冬冬听到兽医两个字，终于有了点好奇心，他拉着马公民的胳膊说：“爸爸，快给我讲点兽医的事情吧。”

马公民说：“我的第一个师傅兽医老钱现在应该也已经老得秃顶了，和刘所长一样了。我第一次见他的时候，他穿着白大褂，感觉威风极了。我虽然没有跟他学会看牛的本领，但是他却告诉了我一点人生的道理。当我把牛医死的时候，他对我说，你还年轻，一切都会过去的。所以，我爸爸也就是你爷爷过世的时候，我通知他了，他也来赏光喝酒了。

“你的奶奶，也就是我娘，她也辛苦了一辈子，她什么东西也没教会我。但是她却对我说了一句话。”

马冬冬问：“什么话呀？”

“做人千万不能忘本。”马公民说，“我也不是想跟你讲你的爷爷和你的奶奶，他们都已经死了，不在这个世上了，他们过完了他们的人生，走完了他们该走的路。我是想对你说，你已经上到六年级了，你已经十四岁了，你站起来已经像个大人一样了。”

马公民捏了下马冬冬的手臂继续说：“你的膀子也有力气了。爸爸想对你说，我只读了三年级，四年级都没有读完就开始参加工作了，你读了这么久的书，你也可以参加工作了，你就是再读这么久的书，将来也要出来参加工作。”

马公民的邻居看见马冬冬快开学了还在院子的泥土上玩，便说：“马冬冬，你怎么还不去上学？”

马冬冬说：“我不上学啦，我要开始工作了。”

马公民的邻居便走过来对马公民说：“你的儿子还这么小，他能做什么工作？”

马公民说：“他可以去工地上做小工，也可以跟着我在街上去打扫街道和厕所，我在前面拉着水车，他在我后面帮我推着，也等于是在工作。”

邻居说：“他还太小了，你应该让他去上学。”

张兵兵和谢阳阳来找到马冬冬说：“你怎么还不去报名，我们现在准备一起报名啦。”

说着，他们解开衣兜从里面掏出几张崭新的一百元大钞出来在他面前晃来晃去。

马冬冬“哇”地惊叫一声睁大了眼睛，站起来认真地数了数，说：“一共是一千块钱，你们每个人都带着五百块钱，都是你们的爸爸给你们的吗？”

张兵兵和谢阳阳说：“你也让你的爸爸给你五百块钱，我们三个人一起去学校报名。”

马冬冬又蹲下来，神色黯然地说：“我不上学啦，我要开始工作了。”

张兵兵和谢阳阳笑了，他们说：“我们要去报名啦，我们报完名，下午还要去踢足球，踢完足球，我们还要去喝饮料，喝完饮料我们还去打游戏机，非常好玩的游戏机，我们今天要通关海盗船长。”

他们欢快的身影就像两只叽叽喳喳的麻雀越飞越远，消失在马冬冬的视线里。

马冬冬放下手里的泥土，赤脚跑到房间挡在黑白电视前说：“爸爸，我不想工作了，我要上学。”

马公民拨开他瘦小的身体，说：“你个兔崽子，别挡着电视。”

马冬冬又挡在电视前说：“爸爸，我要上学。”

马公民走过去刚想用力把他推开，却发现马冬冬的眼眶里泪水在打着转。

马冬冬说：“我要和张兵兵、谢阳阳他们一起去上学。他们的爸爸都给了他们五百块钱，你也拿五百块钱给我吧。你给了我五百块钱，我就可以和他们一起去上学，去踢足球，去打游戏机了。”

马公民说：“兔崽子，就知道玩！”

马公民看着他儿子有点瘦弱的身影继续说：“爸爸没有何建军有钱，何建军是个大款，就是你妈找的那个男人，你去找杨秀珍要五百块钱，她现在也是个大款了。”

马冬冬眼泪汪汪地出现在杨秀珍和何建军面前，他两只手抹着眼泪，鼻涕快要流到了嘴边又被他吸了回去，他说：“我的爸爸不让我上学了，他要我工作，他说他上到小学三年级他的爹就不给他上了，所以他现在也不想给我上了。”

马冬冬继续说：“我看见张兵兵和谢阳阳都去报名上学了，他们的爸爸给了他们五百块钱，我也想要五百块钱。”

马冬冬对何建军说：“你能给我五百块钱吗？你给了我五百块钱，我就叫你一声新爸爸。你不用给我买红肠猪蹄和汽水了，你给了我五百块钱，我就天天趴在你耳朵边上叫你爸爸。”

杨秀珍拿着毛巾走过来，蹲下身把她儿子脸上的鼻涕和泪水擦干净了说：“他给不了你五百块钱了。”

马冬冬仰起小脸慌张地问：“为什么给不了五百块钱了，我的旧爸爸说，你们是大款。”

杨秀珍生气地说：“你的爸爸真是个没用的爸爸，他怎么能对你说出这样让人讨嫌的话。”

马冬冬依然在问：“为什么给不了五百块钱了呀？”

杨秀珍说：“他也下岗了。”

马冬冬问：“下岗是什么？”

杨秀珍说：“下岗就是厂里效益不好了，下岗就是每个月的工资发不出了，下岗就是你今天想吃鱼吃肉，但你不敢再花钱买了，你得计算着兜里的钱能不能顶过下个月的生活开支。

“虽然我现在跟你说这个还有点早，但是以后你娶媳妇过日子了，你就想到了。我的父亲从小就教育我，一粒米七斤四两水。其实他并不是在说米等于多少水的事情，他说的是要学会计划生活。”

马冬冬说：“好像我爸爸的爸爸也给我爸爸讲过一粒米七斤四两水。”

杨秀珍问："谁？"

马冬冬说："我爷爷。"

杨秀珍说："我没见过你爷爷，我嫁给你爸爸的时候，你的爷爷就已经死掉了。"

马冬冬说："我知道，就睡在那个土堆子里边。"

何建军走过来对杨秀珍说："枕头下面还有点钱。"

杨秀珍轻轻地把马冬冬抱在腿上说："妈妈和叔叔只能给你三百块钱，剩下的由你的爸爸出。你姓马，是他们马家门上的独苗，是他们的香火、他们的后，你的身体里也流淌着马家的血，不管走到天南海北说到哪里，你都是他们马家的人。我现在已经帮他分担了三百，超过了一半，他应该也能拿得出剩下的钱来了。如果他不给，你就别认他这个爸爸了，他生了你却没有养你，比没有生你更令人气愤，你就和他们马家没有任何关系了，你走在路上遇见他也别叫他爸爸了，你就假装眼睛里进了沙子，没看见他。"

马冬冬说："那我不姓马了，我姓什么？"

杨秀珍想了下说："你可以叫何冬冬，算了，你也别叫冬冬了，你就叫锴锴。

"嗯，你就叫何锴锴吧。"

马冬冬兴奋地跑回了家，马公民正站在凳子上换头上的日光灯。

马冬冬走到屋里说："爸爸，我的妈妈答应给钱了。"

马公民说："你去坐在沙发上，我还有一会儿弄好。"

马冬冬乖巧地坐在沙发上，他看见他的爸爸把旧的灯管拆了下来，又装上了新的灯管，新的灯管在他爸爸拉起绳子的时候发出了更白的亮光。

马公民问："你去都怎么说的？"

马冬冬说："我去了就说是我的爸爸来让我要学费的，要五百块钱……"

马公民打断道："谁让你这么说的，然后呢？你继续说。"

马冬冬说："然后我的妈妈和那个叔叔就同意给钱了。"

马公民说："何建军真是个大款。然后呢？你继续说。"

马公民像突然想起了什么，又说："那个何建军有没让你叫他爸爸？"

马冬冬说："没有，我没叫过他一声爸爸。"

马公民点了点头说："有骨气，这点像我。"

"可是……"

马冬冬欲言又止。

马公民说："你继续说。"

马冬冬说："我的妈妈他们只能给我三百块钱，他们说剩下的找你要。"

马公民说："我又不是大款，我哪有他们有钱。我都下岗了，我没有钱。"

马冬冬说："可他们说了，我是马家的根，是马家的后，是马家的独苗，这剩下的钱应该你来出。"

马公民思索了一会儿站起来，竖起了一根手指道："他们总算说出了一句人话。我出一百，再多一分没有。"

马冬冬又眼泪汪汪地跑回到杨秀珍身边说："我的爸爸说了，他只想给一百块钱，再多一分也没有。"

杨秀珍问："你跟他怎么说的？"

马冬冬说："我进门就对他说，你们出三百块钱学费，剩下的要他来给。"

杨秀珍安抚着说："你爸这人吃软不吃硬，你要多说点他爱听的话。"

马冬冬问："什么是爱听的话？"

杨秀珍想了想说："就是能打动他的话，能让他明白过事理的话，能一下戳到他心里的话。"

马冬冬又跑回了家，这时马公民已经换好了衣服躺在沙发上。

马冬冬说："爸爸，你累吗？我给你捶捶背。"

马公民说："不累，你快走开。"

马冬冬说："爸爸，你渴吗？我给你倒杯水。"

马公民说："不渴，你快走开。"

马冬冬说："爸爸，我把以前在学校学的儿歌唱给你听一下吧。"

马公民说："你真烦，你快走开。"

马冬冬叉着腰站在他面前说："爸爸，你好好看看我，我是你的儿子。等到你年纪大啦，拄着拐杖走不动路啦，就要求我来照顾你啦。你现在给了我剩下的钱，等你年纪大的时候，我就会照顾你啦。我背着你去逛街，背着你去看花灯，背着你去看会船，背着你去赶集，背着你去人多热闹的地方，你想要去哪，再远，我都能背着你去。"

马公民顿时被他儿子的一番话说得心头一热，他看着说话间手舞足蹈的马冬冬，冷峻的脸庞渐渐展现出笑意，但转念一想，他又问道："是不是杨秀珍那个坏女人教你这么说的？"

马冬冬说：“是我自己想的。”

“我不信。”

马公民说。

马冬冬双脚蹬着地，几乎要跳跃起来，情绪激动地说：“真的是我自己想的。”

马公民收起脸上的笑意，竖起了两根手指说：“两百，再多一分没有。”

杨秀珍这时来到了马公民门前，她对着门口停住脚步的邻居说：“你们也都来看看，都放下手里的活来给评评理。

“马冬冬上学的学费是五百块钱，我和何建军已经出了三百，剩下的让他马公民出，我说的没有什么不对吧？

“我和马公民是离了婚散了伙的人，我本来再也不打算看见这张脸，这张脸在我心里就像死去了一般。看见这张脸，我就感觉我自己的大好年华被一个骗子骗了，这是一张骗子的脸，但是我偏偏又和这个骗子生下了孩子。生下了孩子我也认了，当初离婚的时候我想把孩子带走，这个骗子死活不同意，现在他自己又不想让他的孩子上学了。你们说说，天下有这样的人吗？”

围观的邻居说：“是啊，是啊，孩子还小不能不上学。”

围观的邻居劝道：“马公民，将来你的儿子都会比我们有文化，你现在就是砸锅卖铁也要给他学上，不要舍不得。”

马公民跳起来冲杨秀珍说：“你哇啦哇啦说够了没有？你从进来就像一台拖拉机，一直在这里不停地突突突突，你说的话全都是放屁。”

马公民脸对着邻居说：“这个坏女人从进门就像一只苍蝇一样

一直在这不停地唠唠叨叨，你们听烦了没有，我都听烦了，我一个脑袋都快变成两个脑袋了。她还真把这当成自己的家了，她忘了她是离过婚的人，从这走出去的人，她走出去做什么？她是傍上了个大款。现在，她居然还有脸面再走进这间屋子里来，我肺都要快被气炸了，我的头也开始发晕，我真想宰了他们，就像以前我当兽医看到别人宰牛那样。但是宰了他们，我会坐牢会吃花生米，这种傻事我不能干。”

围观的邻居哈哈笑了。

杨秀珍情绪激动地说：“那好，我来给你算算账，这么些年，你在孩子身上花了多少钱，我在孩子身上花了多少钱，我们都说给邻居们听听，听听是谁有理，谁没理？”

马公民说：“你不用给我来翻账，你买给孩子多少件衣服，我记不清了，你买给孩子多少件玩具，我也记不清了，你给孩子买过什么吃的，我更记不清了。反正，你买的衣服不是给我的，我也不会穿，你买的玩具，我更不会玩，你给孩子买过的零食都被他一个人吃光了，都在他的肚子里。”

杨秀珍的脸也对着邻居说：“你们看看，你们看看，就这种人，我跟他还有什么共同语言，还能好好说话和交流吗？我当初如果不选择离婚，我和我的儿子迟早会在街头讨饭做叫花子。”

围观的邻居说：“马公民，既然你不愿意出钱供孩子上学，就把孩子交给杨秀珍吧。你们夫妻两人不管有多少深仇大恨，不能害了孩子。

“马冬冬在哪生活都姓马，都是马家的根，他又不会姓牛，姓羊，姓猪，他是你的儿子，你们身上流淌着同样的血，你们生生世世血脉相连，这是永远也改变不了的事实。”

马公民听后心情大悦。

他暗暗地想，把马冬冬安排到杨秀珍那也好，顺便帮他探探话，他高兴地说：“刚才有个邻居说得好，讲得妙，冬冬不管在哪生活都姓马，都是我马家的根，是我儿子。你们说我真能不愿意给他学上吗？”

马公民对杨秀珍说：“为了你们出的三百，我决定让马冬冬每周的单数一三五在我这过，双数二四六就去你们那过，还有一天自由活动。”

每逢一三五的时候，马公民总舍不得给儿子买荤菜，他对马冬冬说：“我是让你留着肚子去吃二四六哩。”

到了二四六的时候，杨秀珍的餐桌上总能出现排骨和猪蹄。

马冬冬啃着猪蹄说：“我一三五过得就像只羊，我一口咬下去都是草，只有二四六我才像只老虎。”

杨秀珍说：“以后你二四六在我们这边的时候就要改名字了。”

马冬冬问：“改成什么？”

“就叫何铛铛。”杨秀珍说。

谢阳阳和张兵兵在学校里遇见了马冬冬，他们走过去拍着他的肩膀说：“你终于来上学了，我们还以为你给你爸去推车了。”

马冬冬拨开他们的手说：“我现在不叫马冬冬啦。”

他们问：“那你叫什么？”

“我现在叫何铛铛。”

马冬冬说：“你们记住，一三五的时候你们看见我可以叫我马冬冬，二四六的时候你们就必须叫我何铛铛啦。”

放学回家的路上，张兵兵说：“马冬冬，快看，那是你的爸爸。”

马冬冬看见马公民穿着一身深蓝色脏兮兮的清洁工的衣服，弯着腰在路边扫地，旁边停着一辆布满污渍的清洁车，散发着阵阵恶臭。

谢阳阳满脸狐疑地自言自语：“那个人好像真是马冬冬的爸爸。”

马冬冬赶紧拉着谢阳阳和张兵兵从马公民的身后飞快地绕了过去，喘着粗气对他们说：“你们眼花了，那个人那么脏，不是我爸爸。”

过了一会儿，他又说：“难道你们忘了今天是星期几吗，你们应该叫我什么？”

“何铛铛。”

他们异口同声地说道。

马公民的亲戚找到马公民，对他说：“你知道吗，你的儿子自从去了杨秀珍那，名字都被改了。他不姓马了，他跟那个王八蛋何建军姓了，他现在叫何铛铛，多么难听的名字，谁起的？”

马公民放下手里的东西伸了下腰道：“管他什么铛铛叮叮，在我这，我的儿子就只有一个名字叫马冬冬。他们再怎么给我儿换名字，能换掉他身体里的血吗？”

一三五的时候，马公民把他的儿子叫到身边，他用那两个王八蛋代替杨秀珍和何建军，问：“你和那两个王八蛋都是睡在同一张床上吗？”

马冬冬说：“我睡在自己的床上。”

马公民说：“那两个王八蛋还把你支开睡。

“你都看见什么了？”

马冬冬说：“我什么也没看见。”

他又问：“你都听见什么了？”

马冬冬说：“我什么也没听见。”

马公民着急地说：“你到底长没长眼睛，带没带耳朵？”

马冬冬说：“我的床和他们的床隔开了，中间有一道帘子。”

马公民说：“算啦，你个小兔崽子也开始存起心眼来了。”

马冬冬爬上沙发说：“爸爸，我渴了，我要喝汽水。”

他爸爸说：“没有。”

马冬冬又说：“爸爸，我饿了，我要吃牛肉。”

他爸爸说：“没有。”

“那家里有什么？”马冬冬问。

马公民说：“你不说实话，只能吃屁，什么都没有。”

过了一会儿，马冬冬听见自己的肚子传来了一阵咕咕咕的响声，他对马公民说：“爸爸，我真饿了，我都听见自己的肚子在叫了。我对你说实话，我没有叫过何建军爸爸，何铛铛是我妈妈给我起的名，我现在饿得说话都说不动啦，眼睛也快睁不开啦，我的头好像也开始有点晕了……爸爸，我看你就像有两个人影在这里动来动去，你在抽烟，那个人也在抽烟……”

马公民说：“等着，饭来了。”

第二十七章

马冬冬长到十六岁的时候，也已经开始显现出男人的轮廓来，他生活的小镇似乎也悄悄地和他一起在成长，他看见原来用石头搭建的六一桥被一座灰白色栏杆混凝土路面的大桥代替，他读过的小学已经变成了戏曲声飞扬的养老院。

他站在新建的小学门外往里扫了一眼，那些教室里传出的琅琅书声仿佛要把他拉回记忆中的课堂。他走在新建的大街上，感觉到了宽广，却不如踩在老街的石板路上更令人踏实。

马公民和小镇上生活的其他人也有了这种感受，在岁月的长河中，他变得越来越沉默，他的胡须蓄到像个野人的时候，才会慢慢地向理发店走去。

他对理发店的人说："我又来送钱给你们啦。"

马冬冬看见马公民这些年似乎没有了情绪，他像车间的一台机器一样，在每天规定好的设置下，一遍遍启动和关闭，他的生活似乎被套上了圈子，他从不会脱离那个圈子，那个圈子就像一根又粗又硬的绳子绑在他的身上、脚上、灵魂上。

但马冬冬这些年也见他哭过，老姜死讯传来的时候，他就哭了。那些曾在他生活中最能说话，也愿意和他说话的人永远地离开了这个世界，不知道去了哪，那种感觉就像有人在你的眼睛上蒙上了一块黑布。

在一切都看似平静的生活里，何建军依然如往常一样从一个小厂里迈着步子走了出来，连续多日的加班令他的身体像松软的皮球，困倦不堪，当他刚刚走出不到十步远的时候，一辆飞驰的汽车瞬间从背后将他掀翻在地，他松软的身体在空中就像一颗被发射的炮弹一样划出了一条又长又高的弧线，最后坠落在了路边的草丛中。

现场顿时被人群围得水泄不通，杨秀珍早已晕倒在了众人的怀里，马冬冬挤进人群靠近去看了看何建军的脸。他的脸和跳楼的姜小梅的脸一样难看，他们的眼睛都瞪得大大的，眼球就像被挤了出来，似乎在他们真正靠近死亡的那最后千万分之一秒，他们才感到死亡的可怕，但他们已经没有了活着的机会。

撞死何建军的司机是个年纪轻轻的人，他上一秒还扬扬得意地唱着歌吹着口哨，幻想着夜晚来临时的灯火阑珊，方向盘在他的手里就像是玩具一样，他紧闭着车窗，听着震耳欲聋的音乐，他的大脑细胞兴奋到了极点，丝毫感觉不到脚下的速度。这会儿，当他看见在他车轮下惨死的何建军时，他的魂已经飞了，他的脸色苍白，他的尿浸湿了他的裤裆和汽车的坐垫，他的四周是一道道愤怒着正要喷火的目光。

这时，有人闻到他身上的酒气，大声叫道："快报警！"

有人叫道："快打120。"

还有人叫道："别让这小子跑了！"

马冬冬的脑海顿时也像失控的汽车，天旋地转。

当他泪眼婆娑地跑回家告诉马公民何建军的死讯时，马公民先是一脸惊愕，他并没有表现出喜悦，也没有坦露出悲伤，他静静地坐在沙发上，在一根烟快抽到烟屁股的时候，他对马冬冬说了四句话：

他说："你去为他戴孝吧。"

他说："你去为他守灵吧。"

他说："你去叫他一声爸爸吧。"

他说："你就做几天何铛铛吧。"

二〇一七年初稿　上海

二〇二三年终稿　江苏